hvis bare det hele var så enkelt

noveller

titel	hvis bare det hele var så enkelt
© Copyright 2022	Munck, Niels <u>Anders</u>
e-mail	`anders@mun.dk`
forfatter, lay out, grafik	niels anders munck
forlag	**BoD** Books on Demand Hellerup, Danmark
tryk	**BoD** Books on Demand D-22848 Norderstedt *DEUTSCHLAND*
ISBN	978-87-4304-571-7

fortællingen om. . .

Tine

En aften mødte jeg Eva i Huset i Magstræde. Vi aftalte at tage i Den Grå Hal på Christiana sammen nogle dage senere for at høre Savage Rose. Og i løbet af aftenen talte vi om, at jeg manglede et sted at bo. Gerne lidt tættere på byen.

Det viste sig belejligt, at hun boede i et kollektiv, som var under etablering. Det var et sted oppe i Nordsjælland i nærheden af Kregme. Man kunne vel dårligt sige, at det var tættere på byen. Men jeg syntes alligevel, at det lød interessant.

Grisen fra Hillerød stoppede ved et trinbræt, som lå lige ved en overskæring. Kollektivet lå få hundrede meter derfra.

Allerede da jeg stod af toget og gik ud til vejkanten, havde jeg en ubehagelig, utryg fornemmelse i maven. Stedet var bekendt. Jeg havde været der en sen sommernat, i en halvt glemt fortid med dugvådt græs i rabatten. Jeg huskede politibilens blå blink, der blev reflekteret i advarselstavlerne ved overskæringen. Den blå, trekantede tavle med krydset ovenover var helt sikkert den samme.

Måske ville udfaldet have været et andet, hvis jeg havde taget mig tid til at gå en tur ned ad markvejen, inden jeg mødte kollektivet. Men Eva kom mig i møde ude ved vejen. Det var første gang, jeg så hendes ansigt rigtigt, i dagslys. Hun havde mellemblondt, krøllet hår. Sødt, forventningfuldt smil.

Virkningen af gensynet blev beklageligvis ikke overført på mødet med de andre beboere i kollektivet. Jeg blev krydsforhørt om alt muligt fra første øjeblik, jeg trådte ind ad døren. Om jeg nu også var siker på, at det her var noget jeg virkelig ville. Om jeg var forberedt på, at der var arbejdsopgaver som opvask og rengøring.

Om jeg spiste kanin. Om hvad jeg mente om, at de havde planer om at etablere familier med børn. Om jeg var allergisk overfor høns.

Nu skulle jeg jo endelig spørge, hvis der var noget, jeg ville vide. Den mystiske erindring om politibilen spøgte stadig for meget i mit hoved til, at jeg kunne formulere fornuftige spørgsmål. Og min fornemmelse var, at de egentlig ikke havde tålmodighed til at lytte eller svare på noget. Det virkede mere som om, at deres optræden handlede om at markere sig overfor hinanden.

Turen med toget tilbage til Hillerød var en flugt. Kollektivet overvejede jeg ikke yderligere. Den dårlige samvittighed overfor Eva dæmrede først langt senere.

Det blev i stedet et kollegieværelse på Københavns Vestegn. Gå-afstand til S-toget. Timinutters drift det meste af døgnet; så det var faktisk blevet en del nemmere at kommme til Uni.

Efter et par uger besluttede jeg mig en lørdag aften for at besøge kollegiets værtshus. Der var allerede mange mennesker. Jeg spurgte en pige ved baren, om barstolen ved siden af hende var ledig. Og tolkede det udeblevne svar som et uinteresseret ja.

Jeg mærkede et eller andet oven på hovedet, og lod instinktivt mine fingre glide gennem håret. Noget dryssede ned på bardisken foran mig, uden at jeg så, hvad det var.

Hun løftede op i stroppen på sin lette sommerbluse med den ene hånd. Så trak hun op i blusen og stak den anden hånd op under den, som om hun søgte efter et eller andet. Hendes brystvorter var store og mørke, og tydeligt opsvulmede. Hun fandt det, hun søgte efter, og trak blusen på plads. Vorterne struttede meget synligt gennem det tynde stof.

Hun så på mig, og hævede øjenbrynene overdrevent:

– *Ja, du har _helt_ ret! Jeg har ingenting på indenunder!*

Så inspicerede hun det, hun havde fundet:

– *Sig mig, kaster du peanuts efter mig?...* hun rynkede brynene og lagde en jordnød på disken foran os - ved siden af den, jeg havde haft i håret ... *hvis du vil mig, skal du da bare sige det!*

Så rystede hun håret, og endnu er jordnød faldet ned på disken ved siden af de to andre. Jeg samlede dem op, og spiste dem.

– *Det var altså ikke mig...* bedyrede jeg ... *men de er gode; jeg tror, kropsvarmen gør noget ved smagen.*

Hun daskede let til min skulder med åben hånd, og pegede grinende på en lyshåret pige, der også sad ved baren, henne om hjørnet. Jeg nåede lige at se, at hun med tommelfingeren knipsede en jordnød i retning af os, inden hun vendte ansigtet bort og forsøgte at lade som ingenting.

– *Jeg tror, du er nødt til at sige noget til hende...* sagde mit nye bekendtskab ... *og klap hende så i den søde lille mås fra mig!*

Jeg lod mig gide ned af barstolen og kantede mig gennem trængslen hen til hende.

– *Hvad?* sagde hun og forsøgte at se uforstående ud.

– *Tja, selv hvad?* svarede jeg.

Så grinede hun:

– *Man må jo gribe til særlige virkemidler, hvis man vil konkurrere med barmfagre Michelle!*

Så lænede hun sig ind til mig, og lagde armen om min nakke.

Et øjeblik senere kyssede vi. Og yderlige ganske kort efter lod hun sig glide ned på gulvet:

– *Du må vise vej. Jeg kender ikke det her kollegium.*

Jeg havde glemt, hvordan helt præcist jeg havde fundet vej over til værtshuset, men det lykkedes at finde tilbage til mit værelse. På min briks satte hun sig overskrævs på mine lår, og førte hænderne op under min skjorte. Jeg tog fat i hendes bluse, og hun lod mig villigt trække den over hovedet.

Hun rykkede ned mod mine knæ og åbnede min gylp.

De her vestegnspiger er da noget af det vildeste, tænkte jeg. Henne omkring midt på dagen næste dag fandt vi noget mad i køleskabet. Og satte os på briksen med knækbrød og ost og leverpostej på lagenet mellem benene. Og en Prinzen Rolle.

Jeg prøvede at gætte på hendes alder. Det var svært. Den glatte, lyse hud, de runde kinder og de små bryster fik mig til at tænke knap tyve; måske endda sytten. Men de ting, hun talte om, fik mig til at tænke mindst ti år ældre. Jeg overvejede at spørge; men tænkte så, at det egentlig ikke betød så meget.

3

Maden kom ikke tilbage i køleskabet. Den røg bare ned ved siden af briksen, oven på sko og bukser og skjorter og sure sokker. Jeg havde egentlig besluttet mig for ikke at sammenligne med Lena; men det med at spise i sengen havde ikke været hendes stil. Og ikke straks at rydde op, når man havde spist, ville hun aldrig være gået med til.

Vi byttede plads, og jeg tog fat i hendes knæ og tvang dem fra hinanden. Først virkede hun lidt modvillig, men så lod hun mig gøre det. Jeg kunne ikke lade være med at tænke, at det er sødt, at piger er så forskellige: Hun havde lyse og glatte dun på venusbjerget, nogenlunde samme farve som det lyse, glatte pandehår. Og lidt mørkere krøller omkring kønslæberne, som var lukket tæt sammen til en fin, lille ridse.

Jeg lod hænderne glide op mellem hendes lår, og fik øje på nogle aflange ar i det bløde skind.

– *Det er da lidt usædvanligt at have strækmærker dér,* sagde jeg tankeløst. Hun samlede lårene og rullede om på siden.

– *Det er ikke strækmærker...* svarede hun stille *...jeg har engang skåret mig.*

– *Men ... hvordan kommer man til at skære sig mellem lårene?*

– *Det var ikke noget, jeg 'kom til'. Jeg gjorde det med vilje. For lang tid siden.*

– *Med vilje? Hvorfor? Og hvorfor lige dér?*

– *Jeg tænkte, at der ville det aldrig blive set...* og så tilføjede hun forklarende *...jeg troede, at ingen nogensinde ville have mig. Fordi jeg er så kedelig og uinteressant. Og det er et godt sted; det gør mest ondt der.*

Jeg lagde mig ned bag hende og krammede hende ind til mig. Hun rystede en smule; som om hun frøs. Jeg trak dynen hen over os. Og jeg var pinligt berørt over at have min pik mellem hendes balder; hun måtte kunne mærke, at jeg stadig var stiv.

Vi lå længe og snakkede om, hvordan hun havde haft det, dengang hun skar i sig selv. Så gjorde hun sig fri af mit favntag og vendte sig om mod mig.

– *Jeg har altså aldrig forsvundet på den her måde før...* sagde hun ... *jeg er ovre fra Rønne for at besøge en ven. Han bliver nok pissesur over, at jeg bare sådan er væk.*

Så grinede hun:

– *Nu håber jeg da, du kan få den op igen!*

Hun hjalp lidt med hånden.

– *Det blev så ... så alvorligt...* svarede jeg og strøg hendes pandehår til siden, da det var ved at falde ned i øjnene ... *det var grænseoverskridende for mig at ligge her og være så ... parat ... mens vi snakkede om - om så avorlige ting.*

– *Så må vi gøre dig parat igen! Det var også grænseoverskridende for mig: At gå hjem med én, jeg slet ikke kender, og snakke om så dybe ting - faktisk mere end at have sex med dig. Jeg ved ingen gang, hvad du hedder - jeg hedder Tine.*

Atter var der en pause, hvor vi bare kiggede på hinanden. Så lod hun en finger følge en fold i lagenet. Da hun åbnede folden, kom der et hul til syne; pegefingeren kunne ikke komme gennem hullet, men det kunne lillefingeren. Jeg overvejede at kommentere mit slidte lagen; men tav: Hun så hele tiden ud som om, hun var lige ved at sige noget. Så begyndte hun at tale i brudstykker:

– *Jeg prøvede at forklare for mig selv, hvorfor jeg gjorde det...* hun løftede op i lagenet med fingeren ... *det der med at skære mig. Jeg kunne ikke forklare det; det var meningsløst...* så trak hun fingeren ud af hullet og glattede lagenet ... *som om jeg var tvunget til det, uden en fornuftig grund...* hun lagde hånden fladt på madrassen et stykke fra hullet ... *der var ligesom et uhyre, eller en ond drage, der tvang mig...* fingeren fandt tilbage til hullet i lagenet ... *det var skræmmende...* så løftede hun sig op med begge arme og støttede på albuerne ... *kender du oplevelse af en kæmpestor, skræmmende tyrannosaurus, som pludselig bliver til en lillebitte, ufarlig mus - bare fordi man snakker om den?...* så grinede hun og lagde sig fladt ned på maven ... *du skal da bare kigge på mine bryster, hvis det er det, du har lyst til!*

Hun lå med kinden trykket mod madrassen. Armen havde hun bøjet, så overarmen blev rund og blød at se på. Egentlig var de runde skuldre lige så søde at kigge på, som brysterne. Hun fik et

5

fjernt udtryk i øjene og rettede blikket ud i værelset, op mod loftet. Det så ud som om, hun nynnede for sig selv. Så sang hun en lille sang:

> *Bragt hid, bragt hid, ad kringlede stier*
> *han kom ad ukendt vej*
> *Kom her, kom her, min fremmede frier*
> *giv mig den nat med dig*
>
> *Fløj bort, fløj bort, mod ukendte skjul*
> *han stille forsvandt igen*
> *nyd mig, nyd mig, det er blot et pul*
> *glem mig så trygt igen, min ven*

– *Hvem har skrevet den?*... spurgte jeg ... *det var da en vemodig lille sang.*
– *Det ved jeg da ikke. Ikke nogen...* svarede hun ... *jeg har jo lige lavet den. Til dig.*
Jeg tog fat om hendes skulder og lod som om, jeg prøvede at rulle hende om på ryggen.
– *Det er godt, det der! Se, nu stritter den igen! Kom så, mand, tag mig!*
Da fissen blev våd og gæstfri, lavede hun trutmund og et enkelt luftkys; så lagde hun sig helt afslappet med lukkede øjne. En ting var sikker: Hun overdramatiserede ikke sine orgasmer. Bagefter tog hun fat i begge mine ører, og holdt mit hoved ud i strakte arme, så vi kunne se hinanden i øjnene. Helt udtryksløst sagde hun:
– *Hvis du dér lavede en unge på mig, så har jeg dig i saksen...* så kunne hun alligevel ikke holde masken ... *du er da en spøjs fætter: De fleste mænd bliver rædselsslagne, når jeg siger den slags. Og du smiler bare. Men du kan være helt rolig; en pige som mig går ikke i byen uden pessar.*
Hun havde ret; det var paradoksalt. Få måneder tidligere havde Lena skræmt mig langt væk ved at begynde at tale om børn. Og hende havde jeg kendt i næsten et år. Tine havde jeg kendt i få

timer, og jeg var nærmest en smule skuffet over, at hun havde husket sit pessar.

– *Undskyld, jeg afbrød dig før. Ved at glo på din krop, mens du prøvede at fortælle mig noget.*

– *Faktisk var det ikke en afbrydelse. Du vil mig: Ar, patter, røv, tanker, kusse ... det hele.*

– *Du glemte pagehåret og de runde kinder*, svarede jeg.

Hen mod aftenen blev køleskabets indhold igen undersøgt.

– *Er du altid så hæmningsløs? Her står vi to og laver mad sammen uden en trævl på kroppen! Vi har været sammen i næsten et døgn, og har bollet nærmest uafbrudt.*

– *Vi har da også snakket en del sammen*, forsøgte jeg at bortforklare vores promiskuitet.

– *Det er da rigtigt. Og du er god at snakke med...* hun rettede det til ... *du er også god at snakke med.* Og klappede mig beroligende i enden.

Så kiggede hun en gang til i køleskabet og tilføjede:

– *Sku' det være en frankfurter med ketchup og ristede løg?*

– *Hvor ser du dem, jeg har da ingen pølser?*

Hun tog fat om nosserne:

– *Her er ellers garnituren!*

Det endte med et par spejlæg med brasede kartofler og tomatketchup; det var stort set, hvad køleskabet formåede.

– *Jeg vil gerne bolle en enkelt gang til...* sagde hun og spurgte *... du må også gerne tage mig i rumpen - hvis du har lyst til afveksling; bare du så bagefter vil holde om mig, som du gjorde før? Jeg trænger til det.*

Vi lagde os i ske som aftalt. Hun lagde sig i fosterstilling og fik muligvis en lur. Da hun vågnede igen, lå vi længe og så hinanden i øjnene.

Solen stod nu lavt på himlen og skinnede direkte ind gennem vinduet; i verden udenfor var en lang sommersøndag ved at være slut. Det var første gang jeg havde mulighed for rigtigt at se hendes ansigt i dagslys. Helt lyst, glat pagehår, lyseblå øjne. Runde kinder. Pæne, regelmæssige ansigtstræk, uden at være bemærkelsesværdige på nogen måde. Havde det ikke været for jordnødderne, ville jeg aldrig have lagt mærke til hende.

Hun var døset hen igen; vores nattesøvn havde ikke just været af høj kvalitet. Hun havde lagt sin ene hånd på min hals, og med tommelfingeren nulrede hun halvt i søvne min øreflip; det virkede trygt og næsten familiært, at hun gjorde det med sådan en selvfølgelighed. Der var noget ubeskriveligt sødt ved den fremmede pige, som helt nøgen puttede sig tillidsfuldt ind til mig for at tage en lur. Måske var jeg tæt på at forelske mig. Jeg kiggede på hendes søde, uskyldige ansigt - og besluttede mig for at fortsætte med det, så længe hun sov.

Jesper bor lige ovre på den anden side af gangen. Jeg tænkte på hans hyppigt tilbagevendende snak om 'at jagte damer'. Mit statistiske materiale er beskedent, men alligevel har jeg en stærk formodning om, at rollefordelingen reelt er omvendt. Dog er jeg ikke sikker på, at jeg nænner at fortælle det til Jesper.

Tine vågnede op af sin døs; måske havde hun drømt - i hvert fald forekom hendes spørgsmål en smule ude af kontekst:

– *Kender du hende der Michelle godt?*

Jeg fik ikke overvejet mit svar:

– *Jamais vu.*

– *Hvad?...* jeg kan også sige noget på fransk; og så nynnede hun ... *Michelle, ma belle, ... sont ... mo ... vong ... tra, la, la ... og så videre, et eller andet.*

– *Jeg havde aldrig set hende før.*

– *Jeg er sikker på, at du ville vide det...* og så fortsatte hun om noget helt andet ... *jeg bliver her ikke igen i nat. Er det okay, jeg tager et bad?*

– *Ja, værs'go. Måske har jeg et rent håndklæde.*

– *Jeg skal tilbage med båden i morgen, og du skal ikke regne med at se mig igen.*

– *Det er jeg da - lidt ærgerlig - over...* jeg satte mig op og så på hende ... *og hvorfor så ikke det?*

Der ville næppe være ret meget at gøre ved det senere: At tage til Bornholm for at finde en pige, der hedder Tine, har lyst pagehår og er mellem sytten og niogtyve - det kunne blive en ret tidskrævende opgave.

– *Fordi jeg ikke kan have en elsker, der ser lige ind til mit inderste; det er jeg alt for blufærdig til.*

Jeg blev lidt forundret; kunne ikke bestemme mig for, om *potentiel elsker* var en opgradering.

Hun fortsatte uanfægtet:

– *Da vi talte om min selvskade; jeg har aldrig før haft det trygt på den måde: Det var en god oplevelse...* hun kyssede mig *...men erotik uden mystik: Det fungerer bare ikke.*

Angelika

Stéphanie så sig rådvildt omkring i lokalet. Så kom hun hen til mig; formodentlig fordi hun havde erfaring for, at jeg var en af de få, som forsøgte at forstå hendes franske:

– *As-tu vu Angélique?* ved udelukkelsesmetoden nåede jeg frem til, at det måtte være Angelika, hun spurgte efter.

Det var faktisk befriende, at vi ikke længere var De's; selv ikke på fransk. Frau Lauenburg fra Fraunhofer Instituttet i Berlin, som altid stod for indkaldelserne til konferencerne, havde været den mest stædige til fortsat at titulere mig *Doktor*. Det var hun dog heldigvis nu holdt op med.

Jeg kiggede spørgende på Wolfgang. Han var fra Dresden og forstod ikke et ord fransk; jeg gættede på, at han kunne russisk. Det har jeg haft i gymnasiet, så jeg forsøgte mig ubehjælpsomt:

– *Где Анжелика?*

Men min udtale må have været mangelfuld; han forstod mig ikke. Jeg indså, at der ikke var nogen vej udenom at forsøge mig på tysk.

– *An der Theke, 'türlich!* svarede han med et stort grin og pegede mod baren.

Stéphanie og jeg fulgtes hen til hende.

Angelika klædte sig ungdommeligt; lysebrune, stramme læderbukser, der stumpede midt på læggen. Højhælede støvletter og en let, ternet skjortebluse. Push up. Hun var slank og veltrænet, og bevægede sig energisk og atletisk, når hun gik. Hun havde en ledende stilling, så hun måtte være lidt ældre end mig.

I løbet af aftenen indtog hun adskillige glas vin. Ganske imponerende, at hun overhovedet ikke virkede beruset; dog antog hendes næse en tydelig, rødlig farve. Jeg var netop blevet introduceret til hvedeøl, og holdt mig til *Helles Weizbier mit Hefe.*

Da der var opbrud, fulgtes vi i elevatoren op til værelsesgangen. Hun åbnede sin dør på klem, og stod og viftede med nøglekortet i hånden; som om, hun ikke kunne bestemme sig: Måske ville hun kommentere yderligere på et af dagens foredrag, tænkte jeg.

– *Oder?* uden at gå ind på værelset var hun ved at lukke døren igen. Gangene på hotellet forløb i buer og fordelte sig ud i komplekset i skæve vinkler. Jeg var usikker på retningen til mit værelse. Hun greb to af mine fingre, og holdt mig tilbage, da jeg tøvende ville fortsætte ned ad gangen.

Vi endte i hendes seng. Samleje på tysk ligner til forveksling den danske udgave.

Tæt på kunne man godt se, at det ikke var en helt ung kvindes ansigt. Meget kan klares i et fitness center, men rynker omkring øjnene og munden har løbebåndet ingen virkning på. Med hensyn til alkohol var hun åbenbart ikke asket.

– *Erste Mal bist du doch Jungfrau...* sagde hun *...aber wie nennst du dich denn beim letzten Mal?*

Det stod mig ikke klart, hvad det egentlig var, hun ville sige.

– *Nah, sollen wir schlafen, oder?*

Denne hårfine hentydning forstod jeg; jeg klædte mig nødtørftigt på og listede stille ind til mig selv.

Om morgenen spiste vi ved samme bord. Men ikke alene. Så vi talte sammen med de andre ved bordet om de seneste resultater fra acceleratoren på Cern. Higgspartiklen var det store samtaleemne. Der var et kort plenum i den store sal, inden vi samledes i aulaen for at tage afsked for denne gang.

Angelika klemte diskret min hånd:

– *Keine Rufe!...* hun så formanende på mig *...Tschüss!*

Vi gav hinanden kindkys; et på hver kind og så et til på venstre kind; det var ellers ikke kutyme blandt konferencedeltagerne. Hun puffede mig blidt et halvt skridt væk; for at vi ikke skulle påkalde os yderligere opmærksomhed.

– *Ciao!*... svarede jeg og nikkede indforstået ... *Take care!*

Alle sivede ud til bilerne og de bestilte minibusser. Hun gik til sin audi, jeg fandt bussen til stationen; jeg havde den næsten for mig selv. Busserne til lufthavnen blev fyldt.

Den næste konference blev afholdt året efter i Mulhouse. Jeg havde i mellemtiden fået fast ansættelse på instituttet. Angelika var ikke på deltagerlisten. Jeg fandt deltagerlisten fra sidste år frem og spurgte Norbert fra den tyske delegation:

– *Fräulein Lenz? Sie ist letztes Jahr kurz for Sylvester gestorben*... svarede han og trak opgivende på skuldrene ... *tut mir leid.*

Freja

De havde en hjemmeside. Jeg havde været inde og se på den; det lød spændende at være frivillig på en museumsskonnert.

– I vinterhalvåret går det meste af tiden med istandsættelse. Men det er vigtigere for os at skaffe entréindægter her i turistsæsonen. Og at arrangere korte togter... Jeff skrev mit navn på en lap papir *...kom med, vi går hen i skippers lukaf, så opretter jeg en konto til dig. Så kan du også se, hvordan du skal gå ind og vælge blandt de ledige vagter.*

Ved starten af min første vagt stod jeg på kajen ved landgangen og ventede på, at de andre skulle dukke op. En ung kvinde kom trillende hen til mig i en elektrisk kørestol.

– Vil du hjælpe mig med min sportscykel? spurgte hun.

Herlig humor, tænkte jeg. Den elektriske kørestol var en stor og klodset ting, så at kalde den en sportscykel var da ironisk. Det viste sig, at jeg tog fejl: Sportscyklen var en sammenklappelig letvægtskørestol, som var hægtet op bag på kørestolen.

Jeg bar den op ad landgangen og klappede den op på dækket. Så gik jeg ned på kajen igen:

– Skal jeg støtte dig op ad landgangen? spurgte jeg.

– Det er altså ikke gjort med det. Jeg kan ikke gå, så du må bære mig.

Jeg kiggede på hendes fyldige dunjakke og overvejede, om jeg mon var stand til at løfte hende. Hun registrerede min skepsis:

– Tro mig, du kan bære mig!

Hun trillede sin stol lidt til siden, og jeg løftede hende op i mine arme. Hun havde ret, det var ikke noget problem for mig at bære hende: Hun vejede nogenlunde det samme som et barn - eller måske som en fjortenårig, spinkel pige.

– *Jeg forstår godt, at du var forbeholden. Jeg har svært ved at holde varmen; du ved, i min tilstand er det ikke så nemt at holde kropstemperaturen oppe; jeg nødt til altid at have en masse overtøj på.*

Jeg bar hende op, og satte hende forsigtigt i sportscyklen. Det viste sig, at Freja var ganske effektiv til at sælge programmer og holde gæsterne i ørene:

– *I må hold styr på jeres børn og sørge for, at de ikke klatrer op derhenne. Det er alt for farligt, og I vil vel ikke have, at jeg skal springe i havnen efter dem?*

Vi havde i det følgende nogle vagter sammen. Hun var min læremester i min optræningsperiode.

Alt det på et skib, som for os landkrabber bare er master og sejl og reb og sære indretninger, har navne og pladser og formål. Freja trænede det med mig, så jeg også var i stand til at svare på spørgsmål fra gæsterne.

Så en dag spurgte hun:

– *Må jeg bede dig om noget?*

– *Det gør du jo hele tiden. Så du ved da, at du kan bede mig om hvad som helst.*

– *Men det her er altså lidt ud over det sædvanlige,* hun kiggede spørgende på mig.

– *Det er også i orden. Kom så med det!*

– *Jo, jeg har hjemmehosser et par gange om dagen. Når jeg skal op og i seng. Og hun skal også hjælpe mig med at gå i bad. Jeg har fået tildelt et bad om ugen. Hun er bare ikke særligt sød. Hun mig skælder mig ud og vi skændes. Og tit falder jeg og slår mig, fordi jeg ikke er god til at holde fast selv.*

– *Ja?* jeg forstod ikke helt, hvor hun ville hen med det.

– *Jeg har spurgt min nabo. Men hun har dårlig ryg, så det går heller ikke...* det begyndte at dæmre ... *når du bærer mig op og ned ad landgangen, føles det sikkert og trygt. Mange andre er bange for at røre ved mig...* hun så på mig med et appellerende blik ... *altså!*

jeg smitter ikke.

– Ja, og så?

– Jeg ved godt det er specielt. Men jeg ville spørge dig, om du kunne gå med mig hjem og hjælpe mig med at gå i bad?

– Det er altså ikke fordi jeg afviser det blankt, men jeg er lige nødt til at spørge dig, hvor gammel du er?

Hendes tilstand gjorde det svært for mig at vurdere hendes alder.

– Nej, ved du nu hvad... grinede hun ...jeg er femogtyve!

– Fint; så behøver vi ikke at spørge nogen om lov.

Så jeg gik med hende hjem, hjalp hende af tøjet, og bar hende ud på hendes velindrettede badeværelse i handycapboligen og satte hende i badestolen.

– Du er altså også nødt til at hjælpe mig med håndbruseren!

Jeg tøvede lidt og fumlede med bruseren. Så spurgte jeg:

– Er det i orden, at jeg selv smider tøjet? Så undgår jeg, at det bliver vådt. Jeg tror faktisk, det er det nemmeste.

– Det gør du bare!

Det gjorde jeg så, og vaskede så hendes hår. Og hvor hun ellers mente, hun havde behov for hjælp med hygiejnen. Da jeg havde hjulpet hende med håndklædet og båret hende tilbage på soveværelset, måtte jeg også finde ud af hårtørreren; sådan en har jeg aldrig brugt selv.

– Se, du holder bare hånden ind under håret; hvis du ikke brænder dig, så brænder jeg mig heller ikke.

Vi havde også fat i hendes blodtryksmåler. Hun strøg mig over kinden:

– Det her går slet ikke: Når du sidder så tæt på, og rører ved mig, så bliver min systol og min puls alt for høje. Hvis du vil skifte batterierne, så klarer jeg selv resten... jeg fandt friske batterier i æsken ...men bliv bare siddende, mens du skifter dem.

Jeg fandt rent tøj i skabet og hjalp hende i det. Derefter fandt jeg mit eget - tørre - tøj. Hun kiggede lidt i det skjulte på mig, mens jeg klædte mig på:

...hele var så enkelt

– *Du må altså love mig, at du ikke griner ad mig, når jeg fortæller det her!*

– *Nej, jeg griner ikke,* lovede jeg.

– *Jeg har aldrig set en voksen mand uden tøj på før.*

Jeg var tæt på at smile, men holdt mit løfte.

Den følgende tid gik jeg med hende hjem en gang om ugen, måske nogen gange lidt oftere. Det blev rutine.

Jeg tog håndklæde og mit eget skiftetøj med, og badede selv samtidig. Gradvist fik vi et mere afslappet forhold til arrangementet:

– *Du behøver ikke at være helt så forsigtig, når du løfter mig; så skrøbelig er jeg heller ikke. Hold mig tæt ind til dig, så er det nemmere for dig at holde balancen. Jeg bliver ikke genert...* hun havde ret i, at det fungerede bedre ... *det er så ikke helt sandt. Men det gør ikke noget.*

Hun havde ikke lammelser. Ting, der ikke krævede kræfter, var hun i stand til at gøre selv; tit tog det hende bare meget lang tid. Vi fandt ud af, at vi begge syntes det var underholdende, at jeg lagde hendes make up. Så det lærte hun mig.

Jeg lod hendes rødblonde hår glide mellem fingrene og så, hvor smuk hun kunne have været. Hun så på sig selv i spejlet og vrængede ad spejlbilledet:

– *Beauty and The Beast: Det er os to.*

Jeg grinede ad hende og svarede:

– *Bare fordi, jeg er lidt ældre, behøver du ikke såre mig!*

Hun grinede tilbage:

– *Du er stærk: Du kan tåle det!*

En dag sagde hun:

– *Her har simpelthen aldrig været så pænt og rent og ryddeligt, som efter fru Schlüter slap for at bade mig.*

Hanne nede på skonnerten fik en mistanke om, at der foregik et eller andet. Det gjorde der jo egentlig ikke, men hun fandt alligevel anledning til at formane mig:

– *Du er klar over, at Freja er en sårbar pige? Det er ikke pænt af dig at udnytte hende, og hun har ikke brug for flere problemer eller ydmygelser!*

Freja var en god ven, og vi nød hinandens selskab. Det var ikke seksuelt ophidsende at se hendes nøgne krop; hun var hærget af sin sygdom. Der foregik ikke andet end en håndsrækning mellem venner. Jeg fortalte selvfølgelig Freja, hvad Hanne havde sagt:

– *Tag dig ikke af hende...* svarede hun ... *Hanne er lige så emsig, som hun er liderlig!*

– *Tror du, at hun mente det sådan?*

– *Selvfølgelig gjorde hun da det! Men hvis det endelig var, så er jeg slet ikke i stand til at have sex; mit underliv er ikke udviklet til det...* jeg skimtede et smilehul; det var kun et kort smil ... *hvis bare den del af min hjerne også var blevet glemt, så ville meget være nemmere.*

Hun sad stille et øjeblik og så direkte på mig med rynkede bryn:

– *Jeg ved ikke, hvad hun egentlig forestiller sig, jeg har at miste.*

En dag kom Freja ikke til sin aftalte vagt. Jeg spurgte naboen og fik at vide, at hun var blevet indlagt efter endnu et hjerteanfald. Denne gang overlevede hun ikke.

Amanda

At være fysiklærer, og have en ikke naturvidenskabeligt interesseret 1.g-klasse, er en udfordring. Det mest opslidende er at have elever, som er helt ligeglade.

Undertiden har man elever, som deltager på deres egne præmisser. Det er i det mindste underholdende.

Amanda rakte fingeren op; det var usædvanligt, for hun plejer at have en direkte nervebane fra hjernens associationscenter til talecentret. Men nu var jeg advaret:

– *Der er et ord, jeg ikke forstår: Hvad er en 'landing strip'?*

– *Jeg er ikke opmærksom på, at det indgår i dagens lektie. Så du må fortælle mig, i hvilken kontekst, det indgår.*

– *Hvad er 'kontekst'? Ahr, du ved godt, hvad jeg mener. Og du er læreren, så du skal forklare mig de ord, jeg ikke forstår - ikke bare finde nye!*

– *Jeg ved præcis, hvad du mener. Og jeg gætter på, du selv har én.*

– *Vil du se den?*

– *Nej. Men så ved du jo godt, hvad det er.*

I pausen kom Amanda hen til mig med et af de der billige termometre, som ligner et stegetermometer:

– *Denne her temperaturmåler, ikk' os'?* startede hun.

– *Hvad hedder det?* spurgte jeg i den misopfattelse, at jeg var meget pædagogisk.

Med et dybt forundret ansigtsudtryk svarede hun:

– *Tak! ... ?*

Jeg indså min fejl:

– *Ja, o.k. Jeg ville bare have dig til at kalde den for et termome-ter.*

– *Nå, så. Det er bare det: Når nu jeg holder det her mellem mine hænder, så viser det 34,2 °C. Skulle det ikke vise 37,5 °C?*

For tidligt glædede jeg mig over, at hun havde et fagligt spørgs-mål. Jeg gjorde mig umage med forklaringen:

– *Der en negativ temperaturgradient fra midten af kroppen ud mod hænder og fødder. Det betyder, at man har en lavere temperatur i hænderne, end inde i midten af kroppen.*

– *Okay. Så må den her filur en tur ned til Fifi...* hun så udfor-drende på mig ... *det er mit hotteste sted.*

Et sang med *Sting*, eller *The Police*, dukkede op i min erin-dring. Jeg var fraværende et øjeblik; det tog lige et par sekunder at lokalisere den helt præcist. Jo, *Don't Stand So Close to Me* hedder den.

– *Jeg er glad for, at du interesserer dig for naturvidenskaber-ne. Pas på, du ikke stikker dig. Og når den har været nede ved kønsorganerne, så skyller du den lige, inden du lægger den tilbage i skuffen.*

Hun så på mig med et triumferende blik: *Ha, der jeg fik dig! Du sagde noget af det, du ikke vil tale om!* Jeg vidste præcis, hvad der foregik i hendes hoved:

– *Selv om det her er en fysiktime, så har jeg kigget i jeres bio-logibog: 'Kønsorgan' er det ord, der bruges i undervisningen.*

Efter pausen fortsatte vi med energi og effekt:

– *I halvanden time yder denne store vindmølle konstant femten megawatt. Hvor meget energi har den leveret på den tid?* spurgte jeg klassen og tog mig selv i ubevidst at kigge på Jonathan. Uden at svare på spørgsmålet sagde han:

– *Se, Amanda har fingeren oppe!*

Det var godt set, for det havde hun meget sjældent, så jeg bad hende svare:

– *Jeg kunne altså virkeligt godt tænke mig, at du barberer mig!*

Der lød spredt fnisen og Jonathan gjorde en overdrevent opgi-vende gestus. Min reaktion var ikke pædagogisk korrekt:

– *Skal det være med skum og skraber eller ladyshaver?*

Jeg indså, at jeg havde forsøgt at lukke munden på hende frem for at inkludere hende i timen. Men hun var ikke forberedt på mit spørgsmål, så jeg udnyttede hendes tavshed:

– *Tag din bog, Amanda, og sæt dig over ved siden af Jonathan. Så kan I sammen finde svaret på opgaven.*

Jonathan er meget socialt indstillet og hjælper gerne sine kammerater. Efter et øjeblik rakte Amanda igen hånden op og viste mig sin lommeregner:

– *Toogtyve en halv* svarede hun, og inden jeg nåede at spørge efter enheden, supplerede Jonathan:

– *Megawatttimer...* hvorefter han tilføjede *...hvilket er det samme som énogfirs gigajoule.*

Efter timen fløjtede Andreas på vejen ud ad døren et hit, som var oppe i tiden: *She's got a crush on you.*

Miriam havde også lige en kommentar:

– *Hun er alvorligt syg efter at se dig twerke!*

Det er så nok en ting, der ville kræve en del træning. Amanda kom hen til mig. Vippede med de kunstige eye lashes. Lavede duck face, så jeg var bekymret for, om hendes foundation ville krakelere:

– *Du er bare så mega cool!*

– *Jeg elsker også dig, Amanda,* svarede jeg smilende.

Ugen efter var alt ved det gamle.

... hele var så enkelt

.

Maj

Det havde allerede været en lang dag. I morges, mens det endnu var mørkt, mødtes vi ved busserne i Høje Taastrup. I bussen var der morgenbrød; Jägermeister og Gammel Dansk blev passeret langs sæderækkerne. Hans rakte mig en flaske mellem ryglænene.

– *Kan du nå glassene?* spurgte jeg den spinkle, lyshårede pige, der sad ved siden af mig. Jeg fik ikke lige taget et glas, da posen passerede. Hun rejste sig straks og løb op til chaufføren, hvor kasserne med forsyninger stod.

Da hun kom tilbage, tog hun flasken ud af hånden på mig, fyldte glasset, og rakte mig det. Hans forklarede mig hvorfor det, rent undtagelsesvis, i den aktuelle sag ville være taktisk klogt at stemme imod flertallet i hovedbestyrelsen. Hans argumentation var, som altid, meget kringlet. Jeg fik ikke sagt tak til hende.

På hotellet i Nyborg blev vi fordelt på værelserne. Jeg var noteret for et enkeltværelse; værelserne var sådan set ens, jeg slap bare for at dele det. Der kom også busser fra Hillerød, Næstved, Odense, Aalborg og Aarhus; jeg gættede på, at Bente ville være med bussen fra Sønderborg. Egentlig foretrak jeg de fynske piger, men Sønderjylland ville også være godt: Vi stod lidt svagt i opinionsmålingerne i den landsdel.

Så snart indkvarteringen var overstået, skulle vi afsted med busserne igen. Der var studiebesøg på en virksomhed ovre i nærheden af Assens.

Studiebesøg var måske så meget sagt. Der var den sædvanlige, dødsyge gennemgang af regnskaber, prognoser, markedsandele og vækst-potentiale på overheaden. Og så var der buffet med blødt brød, kaffe, sodavander og øl.

Pigen fra bussen stod ved siden af mig med sin paptallerken med en bolle med ost, og et glas appelsinjuice. Jeg hørte, at en af de andre unge kaldte hende Maj. Vi kom til at sidde ved siden af hinanden ved et cafébord. Hans satte sig på den tredie stol.

Hans var den afgående formand. Han mente, at jeg havde gode chancer. Der var bare et lille problem:

– Du må skaffe dig en kæreste eller partner eller hvad du nu vil kalde det. Du mister for mange af de delegeredes stemmer: Kvinderne vil opfatte dig som ustabil, og mændene vil frygte en kussetyv.

Maj så ud som om, hun lyttede interesseret; men hun sagde ikke noget. Hun kom fra ungdomsorganisationen; hun og nogle af de andre unge var med for at introducere dem til det egentlige politiske arbejde i partiet.

– Det kunne også være en af de unge fyre, fortsatte Hans.

– Hvad mener du? jeg troede, han var gået i gang med at opremse mulige konkurrenter. Men sådan var det ikke:

– Du må da følge med! Det er fuldstændigt accepteret i dag. Det opfattes endda som progressivt. Du behøver da ikke mene det!

Det blev holdt møder i arbejdsgrupperne i løbet af eftermiddagen. Jeg cirkulerede mellem mødelokalerne for at være synlig.

Og nu skulle vi så have middag. Jeg tænkte over det, Hans havde sagt. Jeg kiggede tværs over bordet til nabobordet: Bente er en flot pige; måske dog lidt for bred over hofterne. Men hvis hun nu vendte siden halvt til, så kunne det godt gå an, uden at bagdelen blev for dominerende. Det ville også fremhæve barmen lige tilpas. Hun er et halvt hoved lavere end mig, så alt i alt ville det passe perfekt til de officielle fotos.

Maj sad ved siden af mig og så forlegen ud, da tjeneren spurgte, om hun ville have oksesteg eller flæskesteg. Lidt efter blev der skænket vin:

– Jeg er jo slet ikke vant til at drikke sådan noget, sagde hun og så på mig med et lille fnis, da hun alligevel tog imod vinen.

Efter desserten blev der serveret kaffe i et af de andre lokaler. Jeg så mit snit til at sætte mig ved siden af Bente:

– Du kan godt lige fjerne den hånd! Bente så på mig med et hvast blik. Hans satte sig overfor, ved samme bord. Jeg talte med ham og foregav at ignorere Bente. Efter kaffen var der sat drikkevarer frem; man skulle bare selv tage. Jeg ved ikke, om partikassen holdt for, eller om det kom fra en eller anden sponsor.

– Så er den gal igen... snerrede Bente, da vi stod henne ved baren og skænkede vin op. Til Jonas, som havde sin arm om livet på hende, fortsatte hun *... han har bare været efter mig hele dagen; han er virkelig så klam.*

Helt umotiveret opstod et akut behov for at kysse med Jonas. Da det var overstået, vendte hun sig mod mig igen:

– Jeg ved udmærket, at det var dig, der gramsede mig på røven. Nu synes jeg bare, du skal stoppe det! Gå hellere over og tag dig lidt af det nuttede lille pusselamseben, som har fulgt dig trofast i hælene hele dagen... hun grinede indforstået sammen med Jonas *... hun vil sikkert vældigt gerne høre om din vej til toppen i parti- et...* hendes ansigt skiftede nu til en nærmest ondskabsfuld maske *... husk at fortælle hende, hvordan Hans udnytter dig som harmløs pauseklovn, imens han manøvrerer Mikkel i position til at overtage formandsposten.*

Egentlig havde jeg slet ikke talt med Maj hele dagen. Til min store forundring så hun virkelig glad ud, da jeg forsøgte at konversere hende.

På en eller anden måde var det Majs fejl, at Bente kort efter forsvandt ovenpå sammen med Jonas. Min karriere i partiet stod på spil, hvis jeg ingen gang kunne score hende. Det begyndte at tynde ud i selskabet. Især forsvandt kvinderne hurtigt, så der næsten udelukkende var mænd tilbage. Og så selvfølgelig Maj.

Jeg og den klike, som betragtedes som partitoppen, fandt sammen i en sofagruppe. Magtstrukturen afhang i høj grad af, hvem der holdt ud til længst ud på natten. Og drak flest øl. Maj sad i sofaen ved siden af mig. Hendes skulder følte en smule fugtig og kølig, da jeg lagde armen om hende; måske frøs hun. Hun støttede sin pande mod min kind. Hun lyttede, men blandede sig ikke i samtalen; man kunne ikke sige andet, end at hun var skolet i sin rolle. Eller måske var hun bare træt.

Hun trak benene op under sig på sofaen; hendes overkrop og bare arme var spinkle, men hendes lår var rigtigt pæne og fyldige. Hun kyssede mig en enkelt gang på kinden. Der blev kigget på hende, men ingen af de andre gjorde tilnærmelser; hun blev respekteret som min erobring.

Eller, hvem var egentligt hvis erobring? Jeg var irriteret over situationen, som den havde udviklet sig. At møde op til kongressen i morgen med en stor skolepige som ledsager, var utænkeligt. Og nu kunne jeg heller ikke afvise hende uden at de andre ville opfatte det som sært.

Oppe på værelsesgangen var det ikke svært at få lov til at kysse hende. Hun fulgte tøvende med ind på mit værelse, men det var vist på skrømt. Nu havde jeg hængt på hende hele dagen. Hun havde været i vejen, når jeg hellere ville have fat i Bente. Nu måtte hun levere.

– *Pas lige på, du ikke river min bluse i stykker...* for første gang sagde Maj noget, der kunne tolkes negativt ... *det er nok også bedst, hvis jeg selv tager bh'en af.*

Inden hun tog den af, overvejede hun, om hun måske alligevel hellere skulle gå ind til sig selv. Men jeg fik hende på bedre tanker.

Jeg havde nydt synet af Bentes lækre røv det meste af dagen; hendes hofter er fyldige på en meget sexet måde. Og jeg var fuld. Maj rakte ud efter min stive pik, men jeg stoppede hende: Jeg ville op i hende, inden det var for sent.

– *Stop lige lidt. Det er slet ikke rart - det gør faktisk ondt!...* hun blev mere og mere vanskelig; jeg havde glemt, at jomfrufisse kunne være så stram ...*jeg bruger ikke noget; har du noget?*

Det er ekstra ophidsende, når kvinder vrider og vender sig, og lader som om, de ikke vil. Det er egentlig ret sexet, at en spinkel, lille tredie g'er med små bryster kan have så fyldig en røv. Man må holde fast i armene og tvinge deres lænd mod madrassen. Og presse lårene fra hinanden, når de forsøger at krydse dem. Kvinder bliver seksuelt opstemt, når de mærker den fysiske overmagt; når de føler sig begæret.

Hun var så ung, at hun kun lige var ved at lære det. Hvis hun ville være politiker, måtte hun også lære, at magt er noget man har for at bruge den.

Hurtigt føjede hun sig og lå stille, med ansigtet vendt væk. Som en bly viol, der ikke ville være ved, at hun nød det. Hun fik tårer i øjnene, da sexlysten vældede gennem hendes krop. Hendes sammenbidte ansigt understregede hendes lyst til at fortsætte vores vilde leg.

Det ville dog lyde noget mere ægte, hvis hun neddæmpede de liderlige hvin en smule.

Så vred hun sig løs og rejste sig op på sengen. Hendes lækre små faste bryster var udenfor rækkevidde. Jeg greb ud efter hendes ankel, da hun som en kåd gazelle sprang i retning af døren. Der løb en stribe blod ned ad hendes lår. Hun skreg; et angstskrig, uden lyst. Der lød et bump. Benene på sengebordet brækkede under hendes vægt, og der lød klirren af glas.

Så var der stille. Jeg lagde mig på ryggen; jeg orkede ikke at kravle hen til kanten af sengen for at se efter hende:

– *Kom nu bare op igen. Du kan jo ikke ligge dér!*

Der var stadig helt stille nede ved siden af sengen. Så blev der banket hårdt på døren:

– *Luk op! Hvad foregår der?*

Jeg rømmede mig og prøvede at svare. Der var stille et minut eller to. Så lød der råb ude på gangen:

– *Der er ringet. De er på vej.*

Hvem var på vej? Jeg fik bange anelser og satte mig på sengekanten modsat Maj:

– *Du må hellere komme op derfra og få noget tøj på. Jeg tror, vi får gæster.*

Der lød en kraftig stemme på den anden side af døren:

– *Det er Politiet! Vi kommer ind nu!*

Det gik så hurtigt, at jeg ikke nåede at opfatte, hvad der skete. Jeg lå fladt på gulvet, med ansigtet mast ned i det ulækre gulvtæppe, og et knæ i ryggen. Jeg mærkede det kolde metal om mine håndled.

Jeg husker ikke så meget af det følgende. Maj lå på gulvet i en forvreden stilling. Der var blod. Jeg ville hen til hende, men jeg blev ført ud ad døren i et fast greb. Jeg protesterede: Det vil ikke se godt ud, at jeg ikke forsøgte at hjælpe hende. Den ene af betjentene forsøgte at få mig til selv at holde fast i det håndklæde, hun havde lagt om mig som et lændeklæde; jeg var ikke i stand til at koordinere hænderne på ryggen.

Næste morgen blev jeg hentet af en betjent og ført ned ad gangen til et andet lokale. Der var et bord med et krus og en tallerken med et par skiver rugbrød og ost pakket i cellofan:

– *Din forsvarer er på vej.*

Sådan en advokat ser overraskende almindelig ud. Jeg rakte hånden frem, som jeg er vant til ved møder. Han ignorerede den:

– *Du er vel blevet orienteret om dine rettigheder? Foreløbig er du tilbageholdt i fireogtyve timer; det vil sige indtil klokken nul-et sytten i nat. Men du må forvente, at få din fængsling forlænget. Det en tilståelsessag; så du kommer nok hurtigt for retten.*

– *Vi har kongres i dag. Jeg har ikke tid.*

Uden at se op fra sine papirer svarede han tørt:

– *Ja, det kan du vist godt glemme alt om foreløbigt. Jeg forventer, at sigtelsen vil lyde på voldtægt og uagtsomt manddrab.*

Langsomt gik det op for mig, at min agenda for de næste år ville blive en anden: Det vil blive nødvendigt at se på reglerne for varetægtsfængsling; i et demokrati kan det ikke nytte noget, at embedsmænd bruger deres magt til at påvirke de politiske beslutningsprocesser - deres beføjelser har de jo udelukkende for at kunne bekæmpe kriminalitet.

Isabella

Det år, jeg startede i 1.g, startede hun i niende. Jeg lagde ikke så meget mærke til hende, men det gjorde de andre drenge i klassen.

Lige, hvordan det gik til, husker jeg ikke, men en dag kom vi til at snakke sammen. Jeg syntes, jeg ville fortælle hende, at der blev lagt mærke til hende:

– *Alle drengene i min klasse snakker om dig.*

Hun fortalte, at de var flyttet hjem fra England samme sommer; de havde boet i nærheden af Nottingham:

– *Altså, de fleste synes jeg er interessant pga. det her tøj, jeg går i.*

Jeg kiggede på hendes tøj; det havde jeg heller ikke bemærket før. Det var mere farverigt, end det de fleste gik i. Og der var flere - flæser og læg og borter og blonder og kraver - jeg ved ikke, hvad sådan nogen ting hedder. Men ellers var det da pænt.

– *Jeg kan godt se på dig, at det ikke siger dig noget...* sagde hun *...men mange går vældigt meget op i det. Mine forældre bestiller alt vores tøj fra London - Harrods, tror jeg. De har en personal shopper derovre, som sørger for, at det hele er moderigtigt koordineret. Og så får vi en ny sending to gange om året. Jeg synes, det er noget pjat. Herregud, jeg bruger det jo bare til at gå i skole i.*

– *Men...* indvendte jeg *...drengene i min klasse ved da intet om den slags: Det er en matematikerklasse.*

– *Tro mig; de ved det! Og ellers får de det at vide af pigerne i de andre klasser.*

– *Hvorfor tror du, det har den store betydning?*

– *De lugter penge! Vi har boet flere år i England: Jeg kender klassesamfundet. For mange mennesker betyder det alt...* hun rejste sig og gjorde en gestus, med hænderne ned langs sin krop *...se på mig: Jeg er en lille, tyk prop med korte ben, og ikke specielt køn. Der er ingen, der interesserer sig for mig for min egen skyld.*

Jeg var ved at formulere et eller andet om, at jeg faktisk syntes, at hun var ret sød at snakke med. Men jeg kunne godt høre, at det ville lyde utroværdigt i situationen.

En anden dag fortalte hun om sine forældre:

– *De har intet andet end penge i hovedet. De driver det her firma, som de ejer. Det er arbejde, arbejde, arbejde alle døgnets vågne timer. Syv dage om ugen. Den eneste familie, vi har, er Cahya. Altså, mig og Bolette.*

– *Hvem er Cahya?* spurgte jeg; jeg syntes, det lød som navnet på en hund.

– *Cahya er vores au pair. Nu skal du høre, hvordan det går til, når vi er på vinterferie. Vi er altid i Saint-Moritz. Og Far køber altid liftkort til samtlige pister til hele ugen; for at det ikke skal se ud som om, han ikke har råd. Så kører han én tur den første dag; resten af tiden sidder han på sit værelse.*

– *Hvad laver han der?*

– *Forretninger. Med sin mobil og sin bærbare.*

– *Sammen med jeres mor?*

– *Nej, da. Hun er sikkert også på et eller andet hotelværelse det meste af dagen. Men ikke sammen med Far.*

Der var en dag, hvor jeg godt kunne mærke på hende, at der var noget ud over det sædvanlige, der tyngede hende:

– *Når Far har haft forretningsmiddag, kommer han fuld hjem. Han og Mor fortsætter med at drikke hele aftenen. Og når de skal i seng, går han ind til Bolette.*

– *For at sige godnat?*

– *Du er da noget af det sødeste! Der er ingen, der er så naiv, som dig: Han voldtager hende!*

– *Men...* jeg vidste ikke, hvad jeg skulle sige.

– *Der er ingen, der tror på hende...* hun kunne se min forfærdelse *...alle siger, at det kan da ikke passe! Den pæne familie! Den* *pæne mand! Alle har stor respekt for, at han driver en profitabel forretning. Cahya er den eneste, hun kan snakke med.*

– Og dig, vel?

– *Jeg er jo bare hendes dumme lillesøster. Cahya tør ikke sige noget til nogen: Hvis hun bliver fyret, bliver hun sendt hjem til Indonesien.*

– Hvad med jeres mor? Hvad siger hun?

– *Hun er bare lykkelig for selv at slippe. Og så siger hun, at når Bolette skal på college i London til næste sommer, så kan jeg tage over.*

Det var som om, Isabella bare havde ventet på én, som hun kunne betro sig til:

– *En gang tog Bolette mod til sig og gik ned på kommunen. Der sad hun så, ude i forhallen, blandt alle mulige fremmede, og ventede i flere timer. Da der endelig var en, der havde tid til at tale med hende, fik hun vist nærmest bare at vide, at hun var fuld af løgn.*

Jeg havde ingen erfaring i at tale med kommunen, så jeg vidste ikke, hvad jeg skulle mene om historien. Isabella fortalte også om en anden gang:

– *Hun var flere dage om at beslutte sig, og havde for længst smidt sit iturevne nattøj ud. Og været i bad. Inden hun gik hen på politistationen. De var vist sådan set okay, men lægen fandt ud af, at Bolette lider af en sjælden blødersygdom, og at hendes blå mærker derfor ikke kunne bruges som bevis i en retssag.*

I slutningen af skoleåret begyndte lærerne at tale om, at Bolette sandsynligvis ville den af årets studenter med det højeste gennemsnit; om ikke i landet som helhed, så i hvert fald på skolen. Og det til trods for, at hun i starten af skoleåret havde været indlagt til behandling for sin spisevægring.

Der var en uge tilbage af sommerferien. Vi havde været tre uger på besøg hos onkel Egon og tante Erna i deres hytte på Stord ude på Vestlandet i Norge. Jeg havde ikke tænkt mange tanker om skolen. Mandag eftermiddag var jeg taget ind til byen for at gå en tur på Strøget, eller måske gå ud til Langelinie. Jeg mødte tilfældigt Isabella på Bredgade, lige ved den russiske kirke. Vi enedes om at

...hele var så enkelt

sætte os ind på et pizzaria for at dele en pizza.

– *Det bliver da sjovt, når du nu starter i 1.g*, sagde jeg for at sige noget.

– *Jeg skal ikke i 1.g. Jeg ved ikke, hvad jeg skal. Alt er noget lort hjemme hos os lige nu. Cahya er rejst hjem til Jarkarta. Bolette skal ikke til Oxford alligevel. De skændes alle sammen. Jeg er flygtet herind, for at få lidt fred.*

– Hvad er der sket? Har Bolette anmeldt din far?

– *Nej - nej. Slet ikke. Det er noget med penge. Firmaet er gået konkurs. Og vi skal flytte. Jeg ved slet ikke noget; det eneste, jeg hører, er når de skændes.*

Onsdag i den følgende uge var første skoledag. Det var så ikke en rigtig skoledag: Vi skulle møde klokken ti, og vi skulle kun lige have en enkelt time med lærerne i de nye fag, bl.a. for at få bøger.

Det hele var kommet op på Lectio tirsdag eftermiddag. Rektor beklagede meget, at forhandlingerne med forlaget var brudt sammen: Så den elektroniske løsning med lærebøger, som skolen havde set frem til, blev alligevel ikke til noget i denne omgang.

Men der ville være hotdogs og flødeboller til alle i skolegården, inden vi fik fri.

Om morgenen kom jeg ned i køkkenet: fjernsynet var tændt. Mor tyssede på mig:

– *De tror, det er hjemmerøveri, som er endt blodigt. De der billeder, de viser af politimanden: Jeg synes, det ligner kvarteret bag skolen*, forklarede hun, da oplæseren holdt en pause. Reportagen kørte videre i båndsløjfe og nåede igen frem til interviewet med politimanden:

– *Vi kan ikke oplyse navne på nuværende tidspunkt, da alle pårørende endnu ikke er underrettet. Vi mangler også at få kontakt til den afdøde kvindes mand. Vi kan kun oplyse, at der er tale om en mor og hendes to døtre på omkring seksten og tyve år.*

Jeg tog hen på skolen. Selvfølgelig var flaget hejst, men det var på halv stang.

– *Hvad er der sket? Hvorfor flager de på halv? Er lektor Blomme død?* spurgte jeg tre fra klassen, som stod sammen ude på parkeringspladsen.

– *Har du ikke hørt det i nyhederne? Det er Isabella fra niende sidste år, og hendes søster, som blev student her i sommer. De er blevet slået ihjel. Deres mor er også død. Politiet siger, at deres far er efterlyst.*

Det blev en meget stille time, vi havde sammen med vores teamlærer. De nye faglærere kom ind én ad gangen med bøger til os på rulleborde. Der blev ikke sagt meget. Nogle af pigerne sad nede i hjørnet og holdt om hinanden.

Vi fik hverken hotdogs eller flødeboller. Det kunne også være lidt det samme; jeg havde kvalme.

Senere på dagen var der flere nyheder: En Tesla model S var blevet fundet på en parkeringsplads på Hørsholm Kongevej i Rude Skov. Isabellas far blev fundet død i bilen.

Jeg spekulerede lidt over, hvordan man begår selvmord i en el-bil; men der er vel metoder.

Regitze

Jeg var hendes chef. Hun havde forkontoret, jeg havde mit kontor inde bag ved. Regitze tog sig af al den daglige kontakt med beboerne.

Faktisk var jeg ikke bare Regitzes chef. Jeg var chef for alle de ansatte i boligforeningen. Gårdmænd, håndværkere, gartnere. Det var et af de største boligområder i byen. Oprindeligt bygget med en stor andel af små lejligheder; i en periode med absolut rødt flertal i byrådet. De var efterspurgte: Fraskilte - nok mest midaldrende mænd. Studerende - der var vokset ud af kollegieværelset og havde fået børn. Genhusninger - kommunen havde anvisningsret til en del af vores boliger.

De fleste boligselskaber i området lider af volumensyge: De bygger store, dyre lejligheder: De, der har lyst til at bo i dem, har ikke råd. De, der har råd, har ikke lyst.

Men vi havde aldrig problemer med udlejningen. Stort set ingen lejetab. Og kommunen var en god kunde.

Det havde aldrig været min ambition at blive chef. Jeg var håndværker, i krop og sjæl. Passede mit job. Avancerede. Og kunne ikke sige nej, da tilbuddet kom. Idealerne, lyst til arbejde med hænderne og kroppen, frisk luft, klassebevidsthed; det hele blev fejet af bordet af løntilbudet.

Maria tjente også fornuftigt. Lægesekretær nede i lægehuset. Hun havde klasse; jeg elskede hende højt. Og hun elskede det økonomisk ubekymrede liv. Jeg havde for meget at miste til at jeg kunne overveje min jobsituation.

Regitze var startet hos os som rengøringskone. Så gik hun op i tid og fik også ansvaret for indkøb til frokoststuen. Jeg satte hende i gang med at tage en HF og sendte hende på regnskabskurser; hun var helt enkelt for dygtig til at jeg kunne risikere at miste hende i den daglige drift. Nu stod hun for alt med regnskaber og regninger og lejekontrakter og den daglige kontakt til administrationsselskabet.

Regitze har ikke klasse på samme måde som Maria. Og hun er jo heller ikke mor til mine sønner. Men hun er sød og omsorgsfuld og betragter alle mændene ude i skuret som sine kære drenge. Mig inklussiv.

Ægteskabeligt havde jeg og Maria vores op- og nedture. Det startede med noget, der lignende en latterlig bagatel:

– *Hvorfor er det, du skal have det store, dumme skrummel af en BMW-offroader? Du har syv kilometer ad fredelige, velholdte villaveje hen til dit job!...* startede hun ... *du ville have meget bedre af at cykle.*

Jeg prøvede at forklare noget om, hvorfor teknik er fascinerende. Mit eksempel med min Revox studiebåndoptager, som for længst var overgået i lydkvalitet af moderne, digitale apparater, gik ikke rent ind:

– *Men hvis du så bare ville parkere den lidt civiliseret i carporten, så der også kunne blive plads til min bil.*

Hun havde en Polo, som helt afgjort var bedre afstemt efter vores reelle transportbehov. Især efter drengene var flyttet hjemmefra.

BMW'en er trods alt for dyr i forhold til min gage. Det har jeg gennem nogle år financieret ved at sælge den, når den er tre år gammel. Til Ingolf for en pris, som er i overkanten af markedsprisen. Det kompenseres af, at Ingolfs priser for fraflytningsistandsættelserne, som jeg skal forhandle, nok også er i overkanten af markedsprisen: Han skriver to arbejdsdage på for én af de helt små hybler, selv om det ikke tager ham mange øjeblikke at køre gulvet over med en gulvafhøvler og fordele en spandfuld tokomponentlak med en gummisvaber på langt skaft. Det er ikke ualmindeligt, at nyindflyttede klager over snavs og slibestøv og fodspor på træet under lakken.

Men beboerne må affinde sig med, at det er dyrt at flytte.

Ingolf og jeg nogle gode mandeaftener sammen, når vi skal vælger den næste nye bil.

Vores største ægteskabelige krise var, da hun tog tre uger til Madeira med en af lægerne fra lægehuset. Og truede med ikke at komme tilbage til mig. Men så var Regitze der jo, ganske tæt på. Vi havde en affære, mens det med Carsten stod på.

Maria havde fundet en lille lejlighed tæt ved lægehuset. Det varede indtil hendes ultimatum:

– *Nu går vi sammen til en ægteskabsrådgiver! Ellers skal du ikke regne med at se mig igen.*

Jeg savnede hende ubeskriveligt. Jeg blev som nyforelsket blot ved at se hendes mørke, glatte hår og hendes frække lille næse.

Vi fik rigtig god rådgivning. Jeg lagde mine arbejdstider og vaner om. Vi skaffede tid og energi til hinanden. Maria opsagde lejemålet og flyttede hjem igen. Regitze havde aldrig misforstået sin rolle i den historie: Vi fortsatte det gode kollegiale samarbejde, og hun flyttede sammen med Morten, som var daglig leder for gårdmændene.

Jeg tror, Carsten fik et professorat inde på Panuminstituttet.

En formiddag kom Regitze ind på mit kontor og lukkede hurtigt døren efter sig:

– *De kommer på kasseeftersyn!* hun så bekymret ud. Det var sjældent, at hun lod sig slå ud af noget som helst.

– *Men hvad er problemet?...* jeg slog ud med armene ... *de kan vel bare komme!*

– *Nittenhundrede kroner er problemet...* svarede hun ... *de mangler i kontantkassen.*

– *Hvordan kan de mangle? Så meget skal der jo slet ikke være i kontantkassen,* svarede jeg med et grin. Alvoren var endnu ikke gået helt op for mig.

– *Det er der så heller ikke: De mangler jo! Og jeg har dem ikke!*

Det dæmrede for mig:

– *Vi klarer det! Hurtigt, kom her ind med pengekassen!*

Jeg havde netop den morgen hævet tretusinde i pengeautomaten. Bremsesensoren i venstre forhjul var igen brændt af. Jørgen nede på kommunens materielgård havde lovet at fixe den for mig uden regning, hvis jeg betalte løsdelene kontant; det koster en mindre formue henne på det autoriserede værksted. Vi er begge en del af den lokale naturalieøkonomi, hvor den ene tjeneste er den anden værd.

Jeg lagde fire femhundredesedler i kassen, og tog en hund. Kassen stemte. Efter eftersynet kom Regitze ind til mig igen med pengene:

– *De sagde det samme, som dig: Der må slet ikke ligge så mange penge i kontantkassen. Men hvad skal jeg gøre? Jeg har dem ikke!*

– *Sæt dig ned, Regitze...* som chef var jeg nødt til at tage en alvorlig snak med hende ... *du ved godt, hvad den slags kaldes? Underslæb! Betroede midler! Det straffes hårdt, også selv om det er små beløb.*

– *Hvad tror du da, de lærer os på de der kurser, du sendte mig på? Selvfølgelig ved jeg det da! Men, du ved, man tager tohundrede fredag aften fordi man lige skal i Brugsen på vejen hjem. Og beslutter at lægge dem tilbage mandag mogen. Det er så nemt. Men pludselig vokser beløbet.*

Jeg gav hende pengene tilbage:

– *Og nu sætter du dem tilbage på udlægskontoen med det samme!...* jeg prøvede at se meget alvorlig ud, hvilket jeg ikke havde nemt ved overfor Regitze ... *du ved, at det her kan koste os begge jobbet!*

Jeg besluttede at holde mere øje med Regitze: Hun havde brug for støtte fra en god chef. Men det glemte jeg selvfølgelig hurtigt igen.

Maria mødte mig i bagdøren, da jeg kom hjem:

– *Kom lige med ind i køkkenet, og sæt dig ned!*

Jeg skulle lige til at indvende, at jeg lige måtte ud i skuret med den vinkelsliber, jeg havde lånt ovre hos gårdmændene. Men jeg forstod, at det her var vigtigere, så vinkelsliberen måtte vente ude i brygerset:

– *Jeg har fået svaret på min prøve. Det ser ikke godt ud.*

Hvilken prøve? Jeg skulle lige til at spørge, men det var vist klogere at lade som om, at jeg var helt med på, hvad hun talte om. Hun havde dog gennemskuet mig:

– *Du ved, den der leverbiopsi, jeg fik taget. Det er cancer. Det er en af de virkeligt slemme.*

Det tog lidt tid at få det til at synke ind. Først efter tre dage var jeg klar til at sætte mig i sofaen en hel aften og græde ud sammen med hende.

– *Lov mig, at du finder en ordning...* sagde hun *... du er ikke en mand, der vil klare sig godt alene. Jeg elsker dig. Find en anden, der kan passe på dig for mig. Før det er for sent.*

Maria døde tre måneder senere, tidligt på efteråret.

At være enkemand var ikke gunstigt for min livsstil. Jeg løb ind i en spritdom: Tre måneders betinget fængsel, atten måneders ubetinget frakendelse af kørekortet. Og så måtte jeg ertstatte blomsterhandlerens fortorvsudstilling.

Jeg var nu tvunget til at følge Marias formaning om at cykle på arbejde. Det siges at være sundt med motion. Det er det ikke - ikke i alle tilfælde. Det sidste stykke op ad bakken var hårdt.

– *Sæt dig! Straks!...* Regitze så strengt på mig, da jeg kom ind ad døren ... *nu bliver du bare siddende der, mens jeg ringer efter ambulancen!*

Lægens ord var ikke opmuntrende:

– *Nu prøver vi med de virkemidler, vi har til rådighed. Men jeg er ikke optimistisk.*

– *Men, kan jeg fortsætte med mit job, efter det her?* spurgte jeg forsigtigt.

Lægen var ikke af den blødsødne type:

– *Du skal være glad, hvis du kan fortsætte med noget som helst, efter det her.*

Jeg er ikke religiøst anlagt. Alligevel gik min første tanke til Maria: *Tager du imod ved porten?* På en sær måde var lægens ord en lettelse.

Det blev en lang indlæggelse. Da jeg fik lov at til at tage imod besøg, kom Ingolf med en stor buket blomster. En af sygeplejer-

... hele var så enkelt

skerne smilede imødekommende:

– *Dem tager jeg mig af! Jeg finder en vase til dem ude i skylle-rummet.*

Ingolf opfattede hendes smil som en opfordring til flirt. Jeg nå-ede lige at fange hendes nådesløse blik, da hun vendte ryggen til ham: *Sikken dog en gammel nar!* aflæste jeg tydeligt i hendes blik.

– *Jeg har dårlige nyheder med til dig...* startede han *... er du frisk nok til at høre om ting fra den virkelige verden?*

Jeg nikkede, selv om jeg ikke var sikker på, at lægen ville være enig. Ingolf satte sig:

– *Jeg synes, det er bedst, at jeg fortæller dig det. At du ikke skal høre det som rygter: Regitze har taget livet af sig. Her til morgen. Du ved, oppe på S-banen, ved Harreskoven Station.*

– *Men, hvorfor? Hvad er der sket?* jeg forsøgte at sætte mig op i sengen, men jeg forstod nu alvoren i lægens formaning om at undgå sindsoprivelse og fysisk anstrengelse. Det føltes ikke rart, så jeg lagde mig ned igen. Ingolf fortsatte:

– *Avekattene inde i administrationen har ansat en midlertidig afløser for dig. Og så skulle der jo foretages intern revision: Der manglede femogtredive tusinde i Regitzes kasse!*

Sanne

Det buldrede voldsomt på min dør. Jeg skruede ned for fjernsynet, og gik ud for at se, hvem det var.

Det var min nabo, Sanne. Iført badekåbe og tøfler:

– *Luk mig ind! Hurtigt! Så han ikke ser mig!*

Det var et hus med meget tynde vægge. Jeg havde hørt en del larm og uro inde fra Sanne i løbet af aftenen, men ikke så meget mere end hvad der var normalt i week end'en. Så jeg havde ikke reageret på det.

– *Han er altså gået helt amok, jeg tør ikke gå tilbage. Jeg er bange for ham; jeg tror, han vil slå mig ihjel!*

– *Sæt dig hen i sofaen, og pust lidt ud. Vil du have noget at styrke dig på?*

– *Nej, jeg har da vist allerede fået så rigeligt for i aften…* jeg havde nu mere tænkt noget i retning af en kop kaffe …*men hvis du har noget juice eller en cola?*

Jeg hentede et glas juice. Hun drak det i små slurke. Mellem hver mundfuld så det ud som om, hun var ved at sige noget. Men fortrød. Da glasset var tomt, satte hun det fra sig:

– *Det er snart hver gang, vi er sammen. Han bliver mere og mere jaloux, og jeg er bange for at få tæv. Jeg tør snart ikke være i min lejlighed mere.*

Jeg hentede juicekartonen og fyldte hendes glas igen.

– *Nu er der vist helt stille derinde. Tror du han er gået? Kan du ikke gå ind og se; jeg tør ikke!*

Jeg kom tilbage og bekræftede, at hendes lejlighed nu var tom:

– *Jeg har smækket låsen; her er dine nøgler.*

– Åhr, tak skal du have. Men jeg tør altså ikke være der i nat. Han har mine ekstranøgler!

– Ved du hvad, vi finder ud af noget.

Jeg var formand for bestyrelsen i boligafdelingen, og havde derfor nøgler til kontoret. Jeg fandt dem frem, og imens døsede Sanne hen på sofaen.

Jeg skulle også bruge koden til alarmen; den var i en af mine mapper med boligsager. Det tog lige lidt tid at finde den.

Sanne sov nu trygt i min sofa, selv om det så noget ubekvemt ud. Hun er ikke så stor, men buttet. Jeg opgav tanken om at bære hende ind til sig selv.

Jeg løftede hende op, det var åbenbart rutine for hende at blive båret i seng: Uden at vågne holdt hun fast om min nakke og lagde hovedet ind til min skulder mens jeg bar hende.

Jeg lagde hende på sengen, trak badekåben hen over hendes lår og gav hende dyne på. Hun havde et rødt mærke og en hævelse cirka i højde med en bordkant.

Bestyrelsen havde en aftale med administrationen for tilfælde som dette. Jeg gik hen på kontoret, lukkede mig ind og fandt en æske med en ny cylinder i nøgleskabet. Lagde en seddel med den nye og den gamle nøgles numre, og nummeret på Sannes lejlighed.

Så gik jeg tilbage og skiftede hendes cylinder. Og lagde den gamle cylinder og nøgle ned på kontoret.

Klokken var halv to; jeg var blevet noget søvnig. Et pornoprogram havde overtaget kanalen på fjernsynet; jeg slukkede. Sanne havde sparket dynen af sig, og badekåben havde hun dyltet sammen under sig.

Hævelsen på hendes lår var blevet mindre; til gengæld var det røde mærke nu blevet et blåt mærke - næsten sort.

Hun sov tungt. Jeg følte efter hendes puls; den forekom normal. Mens jeg havde fat i hendes håndled, løftede jeg armen for at se, om hun havde andre sår eller skader; noget, der kunne tyde på vold. Der var et par mindre blå mærker af ældre dato; jeg vurderede, at hun nok blot var stærkt beruset.

Jeg trak badekåben ud under hende, kastede den hen i vindueskarmen, og lagde dynen over hende igen.

Jeg fandt Annemaries dyne og noget rent sengetøj i skabet. Min sofa er for ubekvem at sove på. Så jeg lagde mig på sengen ved siden af hende.

Næste morgen vækkede hun mig ved at puffe til min skulder:

– *Hej, hvor er vi? . . . Gu-ud, er det dig?*

Hun satte sig op i sengen og gnikkede øjne, så sig lidt fortumlet omkring:

– *Har vi . . . ?* spurgte hun.

– *Nej, du kan være ganske rolig: Din dyd er uberørt.*

– *Min dyd? Ha-ha-ha! . . . Godt, så; men det var nu ellers næsten synd.*

Jeg gik ud på badeværelset. Da jeg var ved at tørre mig efter badet, kom hun derud:

– *Jeg kunne vel ikke låne et håndklæde af dig? Og hvor har du gjort af mit tøj? Jeg kan jo ikke gå ud på trappen sådan her!. . .* hun tog sig til hovedet . . . *Hold da maule, hvor har jeg ondt i trådene! Og så det her ben; det er jo nærmest helt stift. Og det er s'gu da også noget af et blåt mærke her på låret.*

Hun drejede hovedet og vred overkroppen for at kunne betragte skadens omfang på bagsiden af låret.

– *Din badekåbe ligger i vindueskarmen. . .* hun kiggede undrende på mig . . . *ja, det var sådan, du kom herind!*

Hun sank en klump:

– *Nå! Men, altså, mit tøj . . . ? . . .* hun gjorde en roterende håndbevægelse i luften for at fremkalde en uddybende forklaring. Jeg trak på skuldrene.

Jeg gik ud i skabet og fandt et håndklæde til hende.

– *Havde jeg heller ikke trusser på? Og hvor sagde du, min badekåbe er?*

– *I vindueskarmen i det andet værelse*, jeg rakte håndklædet frem og pegede mod soveværelset. Hun ville alligevel ikke have håndklædet:

– *Jeg skal bare have noget på, når jeg går ind til mig selv. Ellers kan det være lige meget. Jeg tager et bad inde hos mig selv. . .* hun

45

fandt badekåben, svøbte den om sig og smilede et lille, undskyldende smil ... *det var så dét live show!*

– *Her er dine nye nøgler*, jeg tilføjede, at jeg havde skiftet låsen. Og refererede, hvad hun selv havde fortalt aftenen i forvejen.

– *Jeg havde godt nok drukket mig i hegnet i går. Du må altså undskylde, at du skulle rodes ind i det. Men tak for hjælpen!*

Nogle dage senere så jeg hende komme ud af sin lejlighed - med den samme fyr.

Senere, da jeg så hende komme alene hjem, bankede jeg på for at spørge, om alt var okay:

– *Er han flyttet ind igen?*

– *Ja, han er nu alligevel så sød. Han kan jo ikke undvære mig. Og han har lovet ikke at tæve mig igen...* hun trådte lidt tættere på og hviskede *... men hvis han spørger, er det nok bedst du ikke fortæller, hvor jeg var den nat.*

– *Men ... der skete jo ikke noget...?*

– *Hvad der skete, eller ikke skete, den nat, ved jeg jo kun, fordi du fortalte mig det. Jeg tror på dig ... men ville du tro på det, hvis du var ham?*

– *Nej, du har nok ret. Jeg har forresten stadig dine tøfler.*

Emilie

Emilie boede et par blokke nede ad vejen. Allerede da hun begyndte i børnehaven, var hun meget selvstændig. Hun var desuden meget adræt, og klatrede op på alting; hun var vel, hvad man dengang ville have kaldt en drengepige; jeg tror, hun i dag ville blive betegnet *tomboy*, selv om mine elevers brug af street lingo ind imellem forekommer inkonsistent.

Som den mest naturlige ting af verden kom hun som femårig ind i min forhave og spurgte, hvad det var, jeg lavede. Jeg havde på det tidspunkt en stor hund af blandingsrace.

– *Jeg er ved at lave en nye havelåge...* svarede jeg og gjorde mig umage med at være imødekommende ... *for at hunden ikke skal løbe sin vej.*

– *Den bliver fin...* svarede hun først og tilføjede derefter ... *hvad er en havelåg?*

Det prøvede jeg så at forklare, idet jeg udtalte ordet lidt mere tydeligt.

– *Jeg hjælper dig; jeg er god til at lave sådan én.*

Nogle minutter senere meddelte hun, at hun var tørstig:

– *Kan du lave saftevand; altså mormorsaftevand, ikke sådan noget, som de laver henne i børnehaven? Bider din hund?*

Hunden lå i entreen med hovedet ud over tærsklen - for at kunne følge med i, hvad der foregik udenfor.

– *Nej! Han vil nok snuse til dig, når du går forbi.*

Hun holdt hænderne op i højde med skuldrene, og trådte forsigtigt ind over hans ben.

– *Jeg kan godt lide store hunde*, sagde hun; måske mest for at berolige sig selv.

Hun kom jævnligt hen for at hjælpe mig med hvad, jeg nu havde gang i. På et tidspunkt mente jeg, at det nok var det bedste, hvis det skete i forståelse med hendes forældre.

– *Det må du tale med hendes far om!* var svaret fra den kvinde, som boede på samme adresse, men åbenbart ikke var Emilies mor.

Svaret fra hendes far var omtrent lige så nyttigt:

– *Emilie skal ikke strejfe om på vejen!*

Nej - tænkte jeg *- men når nu hun gør det?*

Det var mit indtryk, at det dybest set ikke var noget, han kunne tage sig af.

En dag, efter Emilie havde indtaget en æggemad og en ostemad i mit køkken, spurgte hun:

– *Hvor kan jeg sove til middag?*

Jeg foreslog, at hun gik hjem og sov i sin egen seng. Hun mente ikke, det var en tilfredsstillende løsning:

– *De er ikke hjemme; de er ovre hos Gudde og Viggo og drikke kaffe. Det er ikke så godt at sove derhjemme, når der ikke er nogen voksne; jeg vil hellere sove her hos dig.*

Hun fik lov at lægge sig på sofaen. Jeg lagde tæppet på hende, og hun smilte et tilfredst lille smil; hun var i det hele taget et sødt og nemt barn.

Der kunne godt gå nogle uger mellem jeg så hende. Da hun blev større, havde hun ikke længere behov for at sove til middag. Senere kom hun om eftermiddagen og læste lektier ved mit spisebord.

– *Det er dejligt, at du gider hjælpe mig med opgaverne*, sagde hun.

– *Men jeg hjælper dig jo stort set ikke; det er mest bare det der med at finde engelske gloser.*

– *Her er stille og roligt. Og jeg kan se på dig, at du er stolt over, at jeg læser lektier...* hun drejede anssigtet lidt væk og smilede et af sine små, underfundige smil *...jeg kan godt lide at gøre dig stolt.*

En aften ville Emilie blive der om natten.

– *Det går altså ikke, Emilie. Du er nødt til at gå hjem!*

– *De er taget ud at fiske. Og når de kommer hjem i nat, er de stangstive...* hun så bønfaldende på mig ... *jeg hader at lægge mig til at sove, når jeg er alene! Jeg kan bare gå hjem og hente min mad og mit nattøj!*

Jeg bøjede mig. Og tænkte, at nu var jeg nok tæt på at være forpligtet af min underretningspligt. Men; Emilie var altid sød og glad, når hun var hos mig. Hun var aldrig ked af det; hun gav blot udtryk for utryghed ved at være alene hjemme.

Hun fortalte, at hun ikke kunne lide at være hjemme, når faren havde sine venner på besøg: De klapper hende på hovedet og i enden og siger underlige ting:

– *Det er slet ikke sødt, som når du holder om mig...* og så fortalte hun om fodboldaftenerne ... *de råber og skriger! Og Far bliver sur, når Heidi sætter sig på skøddet af Egon. Han bliver også sur, når han skal gøre rent bagefter. 'Der er da ingen civiliserede mennesker, der skodder deres cigaretter i potteplanterne! Eller lægger fødderne med sko på op på sofabordet!' siger han. Så kunne han jo bare lade være med at invitere dem. Men jeg får lov at tage pengene som lommepenge, hvis jeg går ned og panter flaskerne.*

Hun så ikke ud som om, hun var forsømt. Hun passede sin skole; en sjælden gang fik jeg hende til at gennemgå en lektie for mig. Jeg havde svært ved helt præcist at sige, hvad det var, jeg ville indberette: At hendes far lod hende være alene hjemme om aftenen? Hvor går grænsen for det?

Jeg havde en stor hundeseng, som ikke havde været brugt siden hunden døde. Emilie fandt den og mente, hun sagtens kunne sove på den. Jeg fandt også en topmadras og en dyne og noget sengetøj. Om morgenen havde hun lagt topmadrassen ned på gulvet og skubbet hundesengen tilbage under min seng; den havde alligevel været for ubekvem.

Jeg fik efterhånden en ret sikker fornemmelse for, hvornår hendes far gik på druk: Det afhang blandt andet af, om der var fodbold i fjernsynet. Så kom hun hen til mig ud på aftenen. Under mere normale forhold ville jeg have forlangt, at hun kom 'hjem' i ordentlig tid; men som det nu var, forekom det lidt akavet at stille krav: Jeg turde slet ikke tænke på, hvordan det ville kunne udvikle sig, hvis

...hele var så enkelt

hun endte med at have modvilje mod at komme over til mig. Det var vel, set fra et overordnet omsorgssynspunkt, bedre at hun var hos mig, end at hun strejfede om i byen om natten.

Det kunne også ske, at jeg først blev klar over, at hun havde været der om natten, når hun om morgenen stod nede i køkkenet og lavede morgenmad til os.

Hun holdt op med at bruge topmadrassen; hun lagde sig i stedet min seng, ved siden af mig:

– *Emilie, det her går altså ikke! Vi kan ikke sove i samme seng!*

– *Du er min bedste ven...* svarede hun *...jeg har kendt dig hele mit liv. Og du er den i hele verden, jeg stoler mest på. Hvorfor kan jeg ikke sove i din seng?*

– *Fordi...* jeg var rådvild *...undrer det aldrig din far, hvor du er, når du ikke er hjemme om natten?*

Jeg forsøgte at fastholde, at det ikke var o.k., at hun sov i min seng. Min argumentation var svag: Selvfølgelig fik hun kys og kram, som hvis hun havde været min datter. Men der var intet seksuelt imellem os.

Jeg regnede på årene og fandt frem til, at vi havde kendt hinanden i seks år. Jeg spekulerede på, om hun ville have gjort det samme, hvis hun havde været min datter. Jeg vidste det ikke; der er et bredt spektrum for, hvordan fædre og store døtre har det med hinanden. Virkningen af det var, at hun ventede med at kravle op til mig, til jeg var faldet i søvn.

Det skete også, at hun sov på sofaen nede i stuen. Så foregav hun at være en smule stødt:

– *Min plads var jo optaget! Men ... det er også helt fint; du bliver så sød af det...* hun så på mig med et underfundigt blik, som jeg havde svært ved at tyde *...tror du, hun vil gå med mig i byen og hjælpe mig med at finde en bh?*

Jeg var tæt på at sige, at sådan én havde hun ikke brug for endnu. Men så sagde jeg, at det var jeg fuldstændigt sikker på, 'hun' ville. Faktisk var jeg temmelig stolt af mig selv, fordi jeg nåede at tænke mig om.

Linda kom ned ad trappen; hun havde et håndklæde om håret,

som en turban. De havde ikke mødt hinanden før, men inden jeg nåede at præsentere dem for hinanden, spurgte Emilie:

– *Hvor ser det tjekket ud! Hvordan gør du det?*

– *Det er jo bare mens håret tørrer. Så min bluse ikke bliver våd*, svarede Linda. De gik straks ovenpå sammen for at hente et tørt håndklæde. Jeg var overrasket over, at dét kunne tage tyve minutter; men så hørte jeg hårtørreren.

Emilie kom først ned ad trappen:

– *Se, det er en ponytail fletning; er den ikke fin?*

Klokken var blevet mange, så Emilie måtte skynde sig for ikke at komme for sent i skole.

– *Det lyder helt vanvittigt, det Emilie fortæller mig. Er det sandt?* spurgte Linda.

– *Det er lidt vanvittigt*, bekræftede jeg.

Linda gav sig god tid til at puste på sin kaffe.

– *Hvad gør du ved det?* spurgte hun så.

Jeg trak på skuldrene. Så smilede hun:

– *Men jeg fik da opklaret et mysterium: Det gav jo anledning til overvejelser, at jeg ude på dit badeværelse fandt en hårbørste med lange, lyse hår. Når nu jeg ikke er helt så blond.*

Jeg kunne godt mærke på Linda, at hun ikke syntes, jeg burde lade stå til. Så en dag spurgte jeg Emilie:

– *Hvad siger din papmor til, at du er så meget her?*

– *Hvem mener du?* ... hun så på mig som om jeg havde mistet den sidste rest af åndsevner ... *mener du Heidi? Hun er ikke min papmor. Hun er ingenting. Hun er Fars dame. Hun siger, at han skal sende mig til Herning, så hun slipper for at se mig. Hun hader mig.*

Nå! tænkte jeg. Det lader jeg lige hvile lidt. Det hvilede sådan cirka tre minutter. Så spurgte Emilie:

– *Hvad betyder 'salú'?*

– *Jaloux? Hvem siger det?* spurgte jeg nysgerrigt.

– *Det gør Far. Han siger, at Heidi bliver ... det, du lige sagde ... når jeg er der. Fordi hun ikke kan lide tanken om, at han og Mor sammen har lavet mig.*

... *hele var så enkelt*

Jeg besluttede mig for at forsøge at forklare ordet:

– Jaloux betyder meget tæt på det, du sagde: At man har svært ved at holde ud at tænke på, at én man godt kan lide, også godt kan lide en anden.

– Men, Far kan jo ikke lide Mor mere. Hvorfor?... hun tænkte sig om ... *Jo, jeg tror godt, jeg forstår det. Når Linda er hos dig om natten - så bliver jeg også jaloux ... lidt.*

Jeg blev rørt over hendes ærlighed. Også lidt overrasket over, hvor meget hun reflekterede over tingene. Så sagde hun:

– Heidi blev også totalt nutters en dag, hun så en masse pm'er i hans Messenger. Han havde skrevet sammen med en anden dame. Men det var slet ikke Mor; de hedder bare det samme... hun rynkede brynene og så bekymret ud ... *når han bliver rigtigt vred, råber han ad hende, at hun er et belejligt hul. Så er det, jeg gerne vil være her hos dig.*

Det var langt fra hver nat. Der kunne sagtens gå nogle uger. Hun kom for en enkelt nat ad gangen og fandt selv sit sengetøj frem. Og efterlod shampoo og hårbøjle og tandbørste på mit badeværelse. Nogle gange kom hun tidligt på aftenen, andre gange kom hun efter jeg var gået i seng.

En dag kom hun midt på eftermiddagen. Smed sin taske på gulvet i entreen. Kastede sig ned på sofaen. Sagde ingenting. Det gjorde jeg så heller ikke.

Jeg var lige kommet hjem, og havde allerede besluttet mig for at bage pandekager. Slog et ekstra æg ud i dejen, og kom et mål mel mere i. Da de var færdige, satte jeg tallerkner på sofabordet. Satte mig på stolen overfor hende. Ventede.

Ventetiden blev ikke så lang. Hun kæmpede med at fastholde den sure mine. Så løftede hun blikket og lokaliserede dåsen med flødeskum.

– Du er irriterende. Det ved du godt, ik'?... sagde hun smågrinende ... *man kan ingen gang få lov at være sur her hos dig.*

– Næh, svarede jeg.

Jeg fangede en klat flødeskum på hendes næsetip, og suttede den af fingeren.

– Tager du min flødeskum? Jeg havde gemt den til sidst!... som kompensation sprøjtede hun ekstra flødeskum på sin næste pandekage ... *næste gang, jeg kommer, laver jeg pandekager. Og så laver jeg dobbelt så mange!*

Det er en god ting med pandekager, hvis man er sulten efter en lang skoledag. Men måske havde hun behov for lidt mere omsorg:

– Hvorfor var du ked af det?

– Jeg var ikke ked af det. Jeg var vred! På Nadja: Hun siger, at hvis jeg sover hos en fremmed mand om natten, så er jeg en ludder!

– Det er ikke pænt at sige den slags. Jeg forstår dig... jeg overvejede, hvad der var at gøre ved det ... *når du nu kommer en af dagene, for at lave de der pandekager, hvad så med at tage Nadja med? Så kan hun også få pandekager og se, at jeg ikke er en fremmed mand. At vi er venner, og at det er noget andet end at være ludder.*

– Er du da helt tosset? Som om det ikke er galt nok, at jeg skal dele dig med Linda!

Når man ser sit eget barn vokse op, så er ændringerne fra dag til dag så små, at man måske ikke altid lægger mærke til dem. Med Emilie var det noget andet. Hvis der var gået to eller tre uger, siden jeg sidst havde set hende, så kunne hendes forvandling fra barn til voksen ind imellem være meget synlig. En dag så jeg, at proportionerne mellem hoved og krop havde ændret sig: Hun havde ikke længere en lille, spinkel krop med et alt for stort hoved, men derimod en krop og et hoved, som udgjorde en harmonisk helhed. Allerede nu lignede hun en lille voksen.

En sen aften, efter jeg var gået i seng, bankede hun på mit sovekammervindue udefra. Der stod et skur op ad gavlen, som hun var klatret op på:

– Kravl forsigtigt ned igen! Så kommer jeg ned og åbner.

– Det er ikke nødvendigt... svarede hun ... *du skal bare åbne vinduet, så jeg kan komme ind.*

– Det regner jo! Pas på, du ikke glider.

Vi satte os på sengekanten med dynen om os. Da hun holdt op med et ryste af kulde og hakke tænder, ville hun gerne have en ostemad og et glas mælk. Da hun havde spist en ostemad, en pølsemad, tre honningmadder og drukket et krus te med mælk og sukker, faldt hun i søvn ved køkkenbordet. Jeg tog fat om hende for at bære hende op ad trappen. Hun vågnede halvt og lagde armen om halsen på mig:

– *Jeg er alt for træt til at vågne op igen i aften: Du skal bare putte mig i seng.*

Jeg lagde hende på min seng og tog først hendes sneakers og de gennemblødte strømper af. Jeg tog et håndklæde i skabet overfor sengen og tørrede hendes fødder. Helt impulsivt løftede jeg foden op til munden og kyssede den. Hun smilede; jeg genkendte smilet fra dengang, hun sov til middag på min sofa. Jeg følte en stille glæde ved at være den person, hun stillede uforbeholdne fordringer til.

Hvad hun havde lavet ude i regnen hele aftenen fik jeg aldrig rigtigt ud af hende: Hun og Joakim havde aftalt at overnatte i en løvhytte ovre i anlægget, og da det var begyndt at tordne og regne, var han blevet bange og var gået hjem. Men resten ville hun ikke ud med.

– *Hvorfor gik du så ikke også bare hjem?* spurgte jeg.

– *Jeg havde sagt til Far, at jeg var hos Nadja...* svarede hun og tilføjede ... *han ville nok synes, det var sært, hvis jeg kom hjem derfra midt om natten.*

Det skete stadig hyppigere, at hun overnattede hos mig. To eller tre gange om ugen. På et tidspunkt fik jeg den tanke, at det var næsten som at have en kat; jeg sagde det aldrig til hende, det med katten. Ved en lejlighed var hun hos mig en hel uge. Hendes far var taget på fisketur i Norge sammen med nogle venner, forklarede hun:

– *Jeg er jo stor nok til at klare mig selv!*

Jeg talte ikke med ham om det; måske havde jeg en bagtanke. Eller også orkede jeg ikke tage diskussionen.

– *Han er da ligeglad. Eller, han ved det ikke. Jeg kommer kun herover, når han er gået på druk.*

Jeg ville vide, om han ikke opdagede det om morgenen. Til det svarede hun:

– Han vågner først om eftermiddagen, når jeg kommer hjem fra skole.

– Og hvad så, når han ikke er på druk? Taler I så sammen?

– Nej, jeg siger ikke noget om, at jeg er hos dig. For så vil han bare sige, at jeg ikke må. Når han ikke er på druk, er det hele kedeligt. Men jeg ved jo, at der ikke går ret mange dage, før han gør det igen.

På et tidspunkt kapitulerede jeg og gav Emilie en nøgle. Hun gik rundt i lejligheden med den i hånden i en halv time. Så satte hun sig ved køkkenbordet overfor mig:

– Kan vi ikke bare sige, at jeg er din pige?

– Det kommer da nok lige lidt an på, hvad du mener med dét.

– Kan vi ikke bare sige, at jeg er dit barn?... gentog hun ... alt ville være meget bedre, hvis du var min far. Eller, det her er endnu bedre: Du og Linda kunne være mine forældre!

– Det kaldes en adoption. Jeg ville elske at have dig som datter. Men, det kan vi kun, hvis dine forældre også synes, det er en god idé.

Hun lyste op i stort smil:

– Det er slet ikke noget problem: Far siger altid, at han glæder sig til den dag, jeg flytter hjemmefra. Da jeg var lille, skulle jeg over til Mor i Herning hver anden uge; men da jeg begyndte i skole fandt de ud af, at det var alt for besværligt. Så hende har jeg overhovedet ikke set siden den jul, jeg gik i anden klasse.

Jeg var ikke afvisende overfor tanken, men det blev ikke til mere ved den lejlighed.

En tidlig morgen vågnede jeg ved at mærke en hånd i mine underbukser. Jeg havde rejsning. Emilie havde taget blusen halvt af og lå tæt op ad mig. Sædafgangen kom i hendes hånd, mens jeg endnu kun var halvt vågen. Jeg var pinligt berørt over, at hun havde kunnet udnytte kropsfunktioner, som unddrager sig bevidsthedens kontrol.

– Emilie! Hvad er det du laver?

Inden jeg nåede at se, hvad hun var i færd med, stak hun hånden ned i trusserne og fordelte spermen ud i skridtet. Jeg tog fat om

...hele var så enkelt

hendes skuldre og kiggede undrende på hendes ansigt. Hun græd:

– *Jeg tror, Joakim har voldtaget mig*, nu kunne hun ikke holde gråden tilbage længere.

– *Hvad mener du med 'tror'?*

– *Jeg sagde jo ikke nej. Jeg kunne godt lide det. Det var først bagefter, jeg blev bange og sagde, at han skulle lade være med at røre ved mig. Nadja siger, at hvis en dreng får lov, så bliver man gravid.*

– *Du bliver i hvert fald ikke mindre gravid af det, du laver nu*, jeg var i vildrede med, hvad der egentlig er at gøre i den situation. Hun støttede sin pande mod min skulder, og jeg strøg hendes hår til side, så jeg kunne se hendes ansigt:

– *Joakim kan ikke være 'en far'. Det er bedre, hvis det er dig! Du er meget mere faragtig.*

En form for logik begyndte at tegne sig i hendes forehavende:

– *Men, du kan heller ikke være 'en mor': Du er også kun tretten!*

Hun tog blusen rigtigt på igen og tørrede hånden af i den:

– *Joakim er næsten femten...* korrigerede hun ... *er jeg meget slem?*

Jeg holdt om hende og krammede bevidst lidt fastere, end jeg ellers ville have gjort. Hele hendes krop rystede:

– *Nej - du er bare meget opfindsom. Og lige nu er du også en meget forvirret, lille pige. Vi finder ud af det her i morgen. Det bedste er, at du lægger dig til at sove nu.*

Jeg kunne mærke, at hun prøvede at slappe af:

– *Far bliver stiktosset; han er blevet helt umulig, efter Heidi skred. Du må hjælpe mig: Jeg er helt sikkert gravid!*

Tidspunktet var ikke det rette til at starte en udredning af sandsynligheden for, at hun faktisk var gravid. Så jeg prøvede i stedet at berolige hende, uden at sige mere om emnet.

Jeg var ikke klar over, at Heidi var gået fra ham; men jeg tænkte, at det umuligt kunne være det helt store tab. Ikke den mest pæne tanke, men ind i mellem må man være ærlig.

I løbet af natten mærkede jeg et par gange, at Emilie lå tæt ind til mig og holdt om mig. Hun plejede at lægge sig i den modsatte side af sengen, så jeg ikke opdagede hende. Jeg lyttede til hendes vejrtrækning: Jeg ville vide, om hun stadig græd. Men hun sov trygt.

Jeg sov uroligt. En drøm vendte tilbage igen og igen: Vi skulle holde fest. Vi? Det var vist mig og Linda. Tilladelsen skulle afhentes ved personligt fremmøde hos politiet. Bussen kørte fra os. Linda tabte sin sko på trappen. Jeg glemte mit pas. Politigården var ved at lukke. Det viste sig, at festen var en studenterfest. Vi var begge blevet student mange år før, vi mødte hinanden; så det hang ikke sammen. Men - der stod en ung kvinde i abrikosfarvet kjole og ventede på os. Jeg beundrede farvesammensætningen: Kjolen og det lysblonde hår, sat op med fletninger. Hun holdt en hue og en nellike i hånden.

Drømmen gentog sig med små variationer, indtil det blev morgen.

Hendes pande blev synlig i det tidlige lys. Jeg forsøgte at gætte mig til tankerne bag den. Hun var klar til at manipulere. Jeg til at tilgive.

Da vi stod op, måtte jeg stoppe hende på vej ud i bad:

– *Du skal ikke gå i bad, inden vi går til lægen.*

Lægen så op fra sin skærm og spurgte mig:

– *Og hvem må jeg så skrive i journalen, at du er?*

Jeg var uforberedt på spørgsmålet, men Emilie havde svar på rede hånd:

– *Han er min morbror. Jeg bor hos ham, når min far ikke kan have mig.*

Henvendt til Emilie sagde han:

– *Det første, vi skal have klaret, er at du går ud på toilettet, tager et frisk papkrus fra holderen, og laver en urinprøve til mig.*

Da hun var gået, så han inkvisitorisk på mig:

– *Jeg skriver, at du er 'anden nærtstående voksen, som p. har fuld tillid til'. Du er lærer, ikke sandt? Vi har truffet hinanden på gymnasiet ovre i Ballerup. Der er underretningspligt i tilfælde som dette. Du må forstå, at jeg er nødt til at reagere på, at det ikke er en af hendes primære omsorgspersoner, der går med hende til lægen.*

Når det er så alvorligt, som dette.

Han så på mig et øjeblik:

– *Taler du med Emilie om, hvorfor vi gør, som vi gør nu?*

Det var et ultimatum. Jeg ville få et forklaringsproblem overfor myndighederne, hvis jeg ikke lavede en underretning nu. Og jeg vil få et fortrolighedsproblem overfor Emilie, når jeg har gjort det. Men, hun vil have lettere ved at tilgive, end myndighederne.

Emilie kom tilbage, balancerende et papkrus fyldt til randen. Lægen tog forsigtigt imod det, uden at kommentere risikoen for at spilde:

– *Det næste, jeg gør, er at foretage en gynækologisk undersøgelse. Har du prøvet det før?...* han pegede på et forhæng, hvor hun kunne tage bukserne af ... *skal din morbror gå udenfor imens? Jeg kan bede Ulla om at komme herind.*

Med overbevisning i stemmen svarede hun, at jeg skulle blive. Lige nu var blufærdigheden hendes mindste problem; hun var åbenlyst beklemt ved udsigten til at miste mit nærvær.

– *Du er bare så sej...* sagde lægen, da hun havde fået tøjet på igen ... *jeg synes, du har fortjent et stort kram af din morbror.*

Vi satte os igen og ventede et øjeblik, mens lægen kiggede i sit mikroskop:

– *Testen viser, at du er gravid; jeg tror, du er i sjette uge. Graviditeten kan ikke skyldes, at du blev voldtaget igår. Der er ingen tegn på penetrering i vagina, men jeg fandt en smule levende sperm på labia minora. Var du også sammen med en dreng for en måned siden?*

Hun blev usikker og så tøvende på mig:

– *Jeg kælede med en af drengene nede i klubben; det var bare så sjovt at nulre hans klunker. Han blev stiv og sprøjtede på mine trusser. Det kan jeg da ikke blive gravid af, vel?*

Lægen skrev på skærmen, og sagde så, ud i luften, vist mest til sig selv:

– *Det er da vist nogle vilde drenge, derhenne i klubben?*

– *Ha! De er da ikke mere vilde end mig!* svarede hun.

Så satte han sig frem på stolen og tog en dyb indånding:

– *Du er en helt normalt udviklet, sund og rask ung kvinde. Så det kan sagtens være sket på den måde. Du er alt for ung til at have et barn, men heldigvis er du tidligt i graviditeten. Så jeg vil anbefale en abort. Skal du tale med din far, og måske din mor, om det? Eller er det noget, du snakker med din morbror om?*

– *Ham!* svarede hun, og pegede på mig.

Så spurgte lægen, hvornår hun havde haft sin seneste menstruation; Emilie forstod ikke spørgsmålet. Han fortsatte:

– *Du bør alvorligt overveje at anmelde voldtægten; jeg kan skrive en erklæring til retten. Men det synes jeg også, du skal snakke med 'ham' om.*

Hun gik tæt ved mig, da vi forlod lægen. Jeg syntes, jeg burde give en irettesættelse:

– *Jeg er ikke din morbror. Det er ikke pænt at lyve overfor lægen.*

Hun puffede med sin skulder til min overarm:

– *Det var da bare en ganske lille løgn! Og du fortalte jo heller ikke, at det var din sæd, han fandt. Men du må forklare mig alle de andre ord, han sagde.*

Jeg bekræftede:

– *Det skal jeg nok. Og så skal vi også snakke om, hvordan man bliver gravid. Og ikke bliver det. Men nu går vi først hjem, så du kan få dit bad.*

Hun tog fat i halslinningen og snusede til den. Rynkede lidt på næsen, og glattede blusen ud igen.

– *Og så den anden ting: Jeg forstår godt, det er bedst med en abort...* hun tog fat om mit håndled og stoppede mig ... *men når jeg beslutter mig for at sige, at det er det, jeg vil - så skal du holde om mig. Som i nat. Da jeg også græd.*

Jeg nikkede:

– *Vi skal også ned på kommunen: De vil tale med dig og din far om din fremtid. Og så skal du hen på den klinik i Glostrup, som lægen nævnte.*

– *Vi!* korrigerede hun, og så på mig med et fast blik.

– *O.k., vi...* svarede jeg ...*i første omgang skal du - vi - tale med dem om aborten. Der er nogle ting, som jeg ikke er stand til at forklare dig.*

– *Du kan jo heller ikke vide alt!* konkluderede hun. Så fortsatte hun efterbehandlingen:

– *Joakim er en sød dreng; jeg synes ikke, han skal anmeldes. Faktisk var det mest mig, der ville have ham: Jeg er vist nok kommet til at stalk'e ham en lille smule. Ham er jeg slet ikke færdig med. Og det var jo heller ikke ham, der gjorde mig gravid...* så tog hun min hånd igen og sagde med tydelig stolthed i stemmen ...*hørte du, at lægen sagde, at jeg er en kvinde?*

Jessika

– Så vent dog lige på mig!

Jeg gik ud ad perronen på Østerport station i mine egne tanker. Det var tidligt på eftermiddagen, og der var kun få mennesker. Det gik ikke op for mig, at det var mig, der blev kaldt på, før hun var oppe på siden af mig.

– Jeg har råbt og skreget helt henne fra trappen. Hvorfor traver du dog afsted helt ud i den anden ende af perronen?

Jeg var forundret over spørgsmålet. Men hun så sød ud, så jeg svarede:

– Fordi jeg gerne vil sidde i forenden af toget; jeg skal af i Helsingør.

Hun grinede:

– Ideen med at tage toget er vel, at man ikke skal gå hele vejen.

Jeg kunne ikke lade være med at more mig over hendes indvending:

– Nå, nej, men i Helsingør er udgangen i den anden ende.

Hvorfor hun mente, at det var hendes anliggende, havde jeg stadig svært ved at indse.

– Genkender du mig ikke? spurgte hun og lod sit ansigt lyse op i et stort, indsmigrende smil.

Jeg kunne jo ikke så godt lyve om det, så jeg måtte svare i overensstemmelse med sandheden, at det gjorde jeg ikke.

– Jessika! Jess! Fra realen! Vi har gået i klasse sammen i to år!... hun rynkede brynene misbilligende ... *det er da vel forhåbentlig løgn, at du ikke genkender mig!*

Det dæmrede. Et sødt pigeansigt dukkede op for mit indre blik, men foran mig så jeg en voksen kvindes ansigt. Jeg syntes, helt ærligt, at jeg var lovligt undskyldt. Der var dog nogle ansigtstræk, som ikke havde ændret sig. En plet ved venstre mundvig. Øjnene. Hårfarven. Vel egentlig også stemmen; hun havde altid haft en stemme, der lød mere voksen end de andre pigers. Så jeg måtte acceptere, at det var Jessika, der stod foran mig.

– *Toget kommer nu. Det var da sjovt, at vi skulle løbe på hinanden her.*

Jeg tøvede lidt, men jeg måtte jo stige på, hvis jeg ville med.

– *Jeg kører med*, sagde hun.

– *Du har forandret dig!* svarede jeg; det kunne vel tjene som et delvist forsvar. Jeg syntes faktisk stadig rigtigt godt om hendes ansigt. Selv om det ikke længere var et pigeansigt.

– *Blevet voksen, kaldes det...* svarede hun ... *du har til gengæld ikke forandret dig ret meget: Jeg kunne heldigvis genkende dig på din gang. Du er blevet klippet!*

Hvad gør man nu? I et kystbanetog? Giver man et kram? Det var seks år siden, vi stoppede i realen. Jessika afgjorde sagen: Selvfølgelig skulle vi kramme!

– *Ryk dig ind til vinduet; jeg sætter mig ved siden af dig. Så kan vi bedre sludre.*

Hun viklede sit halstørklæde af og kastede det over på sædet overfor.

– *Jeg har da stadig lyst til at sparke dig...* grinede hun ... *her må man rende hele vejen fra den modsatte ende af perronen for at fange dig! Præcis som dengang, i skolen.*

– *Det der med, at du løb efter mig på stationen, da vi gik i skole. Hvad er det lige, som jeg slet ikke husker?*

– *Jah! Det var jo ikke på stationen, vel? I frikvarterene, på gangen, i skolegården. Men du var s'gu da hverken til at hugge eller stikke i! Husker du ikke, at jeg spurgte dig, om vi skulle være kærester? En morgen, nede i gården?*

Da vi havde passeret Hellerup, kom togføreren gennem vognen:

– *Kort og Billetter!*

Vi viste vores månedskort. Da han så Jessikas kort, kløede han sig i nakken under kasketten:

– *Hvis du skal til Værløse, kan du skifte i Klampenborg og fra Hellerup tage linje F til Ryparken...* han kiggede på sit ur ... *men jeg kan også sælge dig en tillægsbillet til Helsingør.*

– *Nej, tak. Det er fint sådan her,* svarede Jessika.

Han kiggede på mig med et glimt i øjet:

– *Jeg vil jo nødigt adskille sådan et par turtelduer.*

Faktisk huskede jeg det, dengang hun spurgte mig i skolegården. Jeg havde haft en konflikt med Mor på vej ud ad døren. Det var om min påklædning: Min gamle sweater, der trevlede. Og cowboybukserne med huller på knæene. Jeg opfattede os som alt for umage - Jessika og mig: Hun var altid meget feminin i tøjet.

Jeg var sådan set lidt flov over, at jeg havde afvist hende dengang. Det var slet ikke min mening. Bagefter er det svært at rette op på den slags:

– *Ha! Du har haft din chance!* var svaret.

I toget fortsatte hun med at finde eksempler frem:

– *Eller dengang på lejrskolen ... da Rikke og jeg gav dig mascara på; det husker du vel? Jeg er sikker på, du ikke fattede en snøvs! Har jeg ret, eller har jeg ret?*

Hun havde ikke helt ret. Men hvad det egentlig var, der foregik i mit hoved ved den lejlighed, kunne jeg ikke forklare. I stedet spurgte jeg:

– *Hvordan går du så og har det?*

– *Faktisk rigtigt skidt...* svarede hun ... *husker du Niklas? Nej, sikke noget vås at spørge om - I gik jo i samme klasse i gymnasiet. Jeg blev kæreste med ham, da du jo var helt håbløs. Vi er lige blevet skilt.*

– *Meget kort...* jeg ville have sagt noget mere om ægteskabets varighed, men tog mig i det.

– *Det kan du sige!* hun var også ved at sige noget mere.

Det tog os lidt tid at bryde den efterfølgende tavshed.

– *Fortæl om dig selv!* sagde hun så.

Jeg fortalte, at jeg læste fysik på universitetet, og at jeg havde en kæreste. Og at jeg var på vej op til hende.

– *Vi to har altså stadig ingen fremtid? Sammen?* hun prøvede at få det til at lyde som om, hun pjattede.

Jeg bekræftede hendes antagelse; igen gav det en sær, modsætningsfyldt følelse, at være afvisende overfor hende. Så spurgte hun:

– *Hedder hun Jonna?*

– *Nej, Lena,* jeg forstod med det samme hendes gæt; engang i starten af første real havde jeg kaldt hende Jonna ved en fortalelse. Endnu en gang overvejede jeg, om Jessika egentlig lignede Jonna. De runde og bløde former i ansigtet, og når hun så ned og lod underlæben hænge en smule; som om hun var lige ved at sige noget mere. Jessikas ansigtstræk var lidt mere markerede; men som hun selv sagde: Hun var blevet voksen.

– *Tja, hvis det stadig havde været Jonna, ville det have givet mening.*

– *Jonna og jeg fandt aldrig rigtig sammen. Der var for meget, der kom på tværs.*

Jeg tænkte på Jonnas historie om sporvognene med de blå øjne. Og på hendes far, der mente, at hun var en linie otte. Fordi hun havde grønne øjne.

Vi så hinanden dybt i øjnene. Jessika og jeg. Nu er alle sporvognene væk. Brændt. Eller sendt til Alexandria. Ingen af dem havde haft brune lanterner.

Hun blev fjern i blikket og kiggede ud ad vinduet bag mig:

– *Du er alt for flink og rar; det betaler sig ikke: Du skal gå efter det, du vil have! Niklas forfulgte mig i tre måneder, inden vi blev kærester: Jeg skulle aldrig have givet efter...* hun sukkede, drejede hovedet og kiggede ud ad vinduet i den modsatte side af vognen *...så er det vist Klampenborg. Jonna og jeg har nok en del tilfælles.*

– *Både ja og nej,* svarede jeg.

– *Det der med, at det blev fysik, forstår jeg til gengæld...* svarede hun efter en kunstpause *...med dig kunne det overhovedet ikke være andet. Jeg er ved at afslutte sygeplejeskolen.*

Efter Klampenborg gik Togføreren igennem toget igen:

– *Nå, din veninde hoppede af her ... ?*

– *Ja. Vi fandt ud af, at vi ikke skal samme vej.*

Af samme forfatter:

Alrum
A5, 91 sider.
udgivet : 2019.
ISBN : 978-87-430-0931-3 (paperback)
En fortælling om hvordan ambitioner, uvidenhed og hensynsløshed kan ødelægge et idealistisk og velmenende projekt.

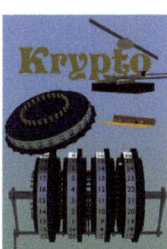

Krypto
A5, 91 sider.
udgivet : 2020.
ISBN : 978-87-430-2794-2 (paperback)
Giver en tidlig indføring i programmering ved at vise, hvordan forskellige former for kryptering kan implementeres i sproget Python™.

Telos
A5, 80 sider.
udgivet : 2021.
ISBN : 978-87-430-3057-7 (paperback)
Science Fiction om Jordens undergang. Fortælling om den sidste lille gruppe mennesker, der holder sig i live på en ø i Ishavet, mens forholdene bliver mere og mere håbløse.